KB081185

이중나선

2

요시하라 리에코

MM NOVEL

목 차

번역 유경주 **표지** 윤아빈 **편집** 정다움 **마케팅** 김정훈

그것은
목이 따끔거리는 **갈증**이
몸 안쪽까지 퍼질 만큼 뜨겁고
끈적끈적하고… **달콤하며**
어찌할 수 없는 음란하고 흉포한 **충동**이었다.

달콤한 독의 미열

한밤중.

평소처럼 공부를 끝마치고 참고서와 노트를 덮은 시노미야 나오토가 긴 목욕을 마치고 나왔을 때, 동생 유우타의 방에서는 평소처럼 취침 의식을 위한 음악이 작게 새어 나오고 있었다.

봄 햇살처럼 부드럽고 다정한 음색의 바이올린과 가슴속까지 스며드는 것 같은 안타까운 멜로디의 공명.

그 소리는 평소에 그다지 음악을 듣지 않는 나오토조차 잠시 걸음을 멈추고 귀를 기울이고 싶어질 정도로 기분 좋게 들렸다.

강요하는 구석이 없는 음색이면서도, 신기하게 마음에 착 휘감기는 그것이 어떤 아티스트의 곡인지… 나오토는 모른다.

그저 조용히 귀를 기울이면 '삼림의 숨결'이나 '강의 여울물 소리' 혹은 '평온한 바람의 정경' 같은 것이 떠올라서 나오토는 잠시 동안 몸도 마음도 치유되는 듯한 기분을 느꼈다.

지금까지 유우타는 그레고리안 찬트를 베이스로 한 종교색이 짙은 음악만 좋아했다.

아닌 밤중에 홍두깨였던 아버지의 불륜 소동.

그런 아버지가 자신들을 버리고 집에서 나가 버린 뒤, 응석받이이던 유우타는 더 심하게 비뚤어져 손쓸 수 없게 되어 버렸다. 그 반동… 일까. 등교를 거부하며 히키코모리 상태가 된 완고한 유우타. 그 심정을 그대로 대변하는 것처럼 굳게 닫혀 버린 문 너머로 새어 나오는 그 음악은 나오토에게 스트레스가 되었다.

금기를 꿰뚫고 배덕을 징벌하는 신에 대한 찬미가.

그 음악이 소박하고 아름다울수록, 엄숙하면 엄숙할수록, 나오토의 가슴은 바늘에 찔린 것처럼 욱신욱신 아팠다.

그렇게 말하면 아마 형인 마사키는 자의식과잉이라고 비웃겠지만.

그래도 형제상간이라는 이중의 금기를 범하고 있다는 양심의 가책에 시달리는 나오토는 마사키와의 음란한 배덕행위를 유우타가 말없이 책망하는 것 같아서. …견딜 수가 없었다.

작년 여름.

돌발적인 악몽으로부터 조금씩 시작되어 버린 육체관계. 처음에는 유우타에게만은 절대로 알려지지 않길 바라는 나오토의 심정을 헤아려 마사키도 나름대로 조심했었지만, 요즘은 그럴 생각도 사라졌는지 나오토를 안을 때 마사키는 시간도 장소도 가리지 않고 있었다.

남성 잡지의 화보뿐만 아니라 무대와 CF까지, 착실하게 모델로서 실적을 쌓은 마사키의 업무 스케줄은 요즘 갑자기 빡빡해졌다. 따라서 학생의 본분을 다하는 나오토의 생활 사이클과 점점 더 어긋나, 시간과 장소를 가릴 여유도 없어져 버렸다.

아니, 그렇다기보다는 오히려 나오토와의 일그러진 관계를 유우타가 알아채도 전혀 상관없다는 마사키의 의사 표현인 듯한 기분이 들었다.

자기 입으로 이것저것 늘어놓을 생각은 없지만 그렇다고 새삼스럽게 숨길 생각도 없다. 친어머니와 섹스를 하고 있었다는 사실을 유우타에게 말해 버린 이상, 그다음부터는 무슨 짓을 하든 마찬가지다. 그런 마사키의 뻔뻔스러운 태도가 나오토는 무엇보다도 무섭다.

금기의 '족쇄'도 도덕심의 '쐐기'도 걷어차 버린 마사키의 내면에서, '유우타'라는 존재가 아무 제동도 걸 수 없게 되면 이제 마사키와 나오토 둘이 더는 떨어질 곳이 없을 때까지 떨어져 버릴 것 같은 기분이 들어서….

그런 생각을 하는 나오토의 얼굴에서 핏기가 싹 가셨다.

아무리 그래도 대낮에 거실에서 당당히 정사를 한 적은 없다. 단지 아침 인사라기에는 지나치게 농후한 키스를 당해 다리와 허리가 부들부들 떨리거나, 휴일에 1층 방의 침대로 끌려 들어가는 경우가 종종… 있었다.

싫은데.

그만두었으면 좋겠는데….

어째서인지 마사키를 눈앞에 두면 도저히 '싫다'고 말할 수 없다.

의지도.

자존심도.

그나마 했던 결심도.

어느 틈엔가… 엉망진창으로 허무하게 꺾여 버린다.

아니야!
이런 나는 '내'가 아니야!

나오토는 자신이 더 똑똑한 인간이라고 생각했다.
다툼은 좋아하지 않지만 그래도 싫은 건 '싫다'고 제대로 말
할 수 있는 인간이라고 생각했다.
그런데….
그런 자신이 답답하고.
짜증이 나고….
한심하고.
싫어진다.
그것이 반복됨에 따라 자기혐오는 점점 더 심해졌다.
마사키가 일본인 같지 않은 금갈색 눈으로 바라보며 차분하
고 깊은 그 목소리로,
"나오."
이름을 부르면 더 이상… 버틸 수 없다.
마치 '시선'과 '진명眞名'에 이중으로 얽매여 버린 것처럼 몸도
마음도, 끝내는 생각까지도 마비된다.
그럴 때.
지금도, 옛날도 마사키가…. 마사키만이 자신에게는 '특별'하
다는 사실을 싫든 좋든 뼈저리게 깨닫는다.

지금은 이제 유우타의 옆방인 자기 방에서 마사키에게 안기는 경우도 드물지 않게 되었다.

그렇게 천천히 문란한 일상에 익숙해져 가는 자신이 사실은… 가장 무서운 것일지도 모른다.

그래서 최소한… 자기 침대에서 마사키에게 안길 때 나오토는 필사적으로 소리 죽여 신음을 억누르려고 노력한다. 하지만 아무리 발버둥 쳐봤자 소용없다고 깨닫게 하려는 양 마사키가 손발을 꽉 얽어매고 귓바퀴를 끈적끈적하게 핥아 올리면, 나오토는 그것만으로도… 볼썽사납게 숨이 차올랐다.

"귀엽군, 나오. 키스만으로 벌써… 유두가 섰어. 핥아 줬으면 좋겠어? 나오는 유두를 가볍게 깨물고 빨아 주는 거 좋아하잖아. 봐… 나한테 깨물어달라고 나오의 유두가 이렇게 만지기만 해도 점점 뾰족해져."

하물며 음란한 말로 수치심을 부추기니, 나오토는 흥분한 자기 몸이 얼마나 음란한지 폭로당하는 것 같아 견딜 수 없었다.

"하지만 그 전에 나오의 여기도 듬뿍 귀여워해 줘야겠지."

마사키가 유열의 뿌리를 찾아내려는 듯 가랑이 사이에 손가락을 휘감으면, 심장까지 조급하게 확 달아오른다.

"그러니까 제대로 할 수 있지? 응? …왜 그래? 다리를 더 벌리지 않으면 나오 걸 만질 수가 없어. 나오? 내 말… 들려?"

쾌락은 마사키의 눈앞에 치부를 모두 드러내고, 싹을 하나하나 꺾듯이 희롱당할 때마다 개척된다.

"기분 좋지? 여길 이렇게 만져 주면… 더 기분 좋아질 거야."

달콤하게 말하며 나긋나긋하고 긴 손가락으로 느릿하게 매만
진 뿌리는 점점 더 단단해지고.

"이것 봐, 몸 안쪽까지 지끈지끈 마비될 것 같지? 나오의 것
도 굉장히 단단해."

음란한 입술과 뜨거운 혀로 듬뿍 핥고 풀어 주니 뿌리가 팽팽
하게 일어서서, 차오른 숨과 쾌감에도 뜨거운 심지가 생긴다.

하지만 그렇게 심장이 경종을 치듯 가슴을 두드려도, 머릿속
이 마비될 정도로 피가 들끓어도, 마사키는 단 한 번도 순순히
사정하게 해주지 않았다.

"나오. 소리 죽이지 마."

뿌리 끝을 꽉 조인 채,

"제대로 소리 내."

끈끈하고 달콤한 목소리로,

"그렇지 않으면 가게 해주지 않을 거야."

마사키는 심술궂게 강요한다.

나오토가 이를 악물고 억누르는 교성을, 쾌감을, 느끼는 대로
솔직하게 내뱉으라고.

그리하여 마사키의 손가락을 튕겨낼 정도로 서 버린 나오토
의 꽃심이 끈적끈적한 꿀을 하염없이 흘릴 무렵에는.

가고 싶어서,

사정하고 싶어서….

끈적끈적하게 졸아든 쾌감의 소용돌이에 몸이 뒤틀리고, 흐
릿하고 달콤한 교성이 제아무리 눌러 죽여도 하염없이 흘러나

왔다.

마 쨩, 하게 해줘.
부탁이야, 마 쨩.
이젠… 머리가 이상해질 것 같아.
마 쨩, 부탁이니까 이제… 하게 해줘!

"착하지, 나오. 제대로 졸랐으니까 좋아. 자… 해도 돼."
그렇게 마사키의 허락을 받은 뒤에야 겨우 음란한 쾌감이 요
골을 삼켜 버릴 듯이 뜨겁게 태우며 구멍을 통해 분출한다.
그 순간의 이루 말할 수 없는 해방감과 안도감.
머릿속이 새하얘지고 이완한 사지가 떨린다.
그렇게 아무리 발버둥 쳐도 결국은 마사키의 뜻대로 길들여
져 가리라는 사실을 뼈저리게 깨닫는다.

유우타는 잠들어 있으니까 괜찮아.
마 쨩이 집에 있을 때 유우타는 절대로 방에서 나오지 않으니까
들키지 않을 거야.

그런 생각은 아무 위안도 되지 않는, 깨끗이 포기할 줄 모르
는 현실도피에 지나지 않을 것이다.
유우타는 벽 한 장 너머에서 그렇게 노골적인 신음이 들려오
는데도 나오토와 마사키가 뭘 하는지 모를 정도로 어린애가 아

니다.

알면서도 굳이 추악한 현실을 못 본 척하고 있는 것인지.

아니면 짐승 같은 형이 한 명 더 늘어났을 뿐이라고 경멸하고 있는 것인지.

혹은 그런 걸 고민하는 것 자체가 지긋지긋한지.

진심을 알 수 없는 유우타의 완고한 침묵이 자학적으로 뒤틀린 나오토의 마음을 쥐어뜯는다. 그때마다 잔뜩 곪아 버린 초조한 마음이 지끈지끈 욱신거렸다.

그래도.

얼마 남지 않은 '인간'으로서의 긍지조차 내던지고, 유우타의 눈앞에서 적나라한 자신을 드러냄으로써 유일한 최후의 '족쇄'가 풀려 버릴까 봐 두려웠다.

마사키와의 문란한 관계가 두 사람만의 비밀이 아니어도 유우타가 '그것'을 말하지 않는 한 일단 가면을 쓴 채로 일상을 유지할 수 있다.

설령 그게 얇은 가죽 한 장을 사이에 두고 위험한 균형을 유지하고 있을 뿐인 '기만'에 지나지 않는다 해도.

있었던 일을 없었던 것으로 할 수는 없지만, 한쪽 눈을 감고 입을 다물고 오늘을 무사히 보낼 수만 있다면 진실은 금세 현실 같은 망상에 매몰될지도 모른다.

그런 헛된 꿈을 꾼다.

나오토는 잊을 수가 없다.

그날… 누나 사야카가 창백한 얼굴로 어머니와 형의 더러운 관계를 비난했던 모습을.

그리고 맨 마지막에 던졌던,

"엄마 따위 죽어 버려!"

피를 토하는 듯한 절규가 지금도 귓가를 떠나지 않는다.

'만약 자신이 유우타에게 그런 소리를 듣는다면 어떻게 할까'
라는 생각을 지울 수 없다.

속이 훤히 보이는 거짓말도, 서툰 변명도, 값싼 눈속임도 통
하지 않는 무시무시하고 격렬한 눈으로 바라보면서 "너 같은 거
죽어 버려!"라며 무지막지하게 비난한다면….

'그러면 역시 힘이 빠져서 죽고 싶어질까?'

어머니처럼?

마사키는 어디까지나 "그건 자살이 아니라, 사고야"라고 우
기고 있지만.

물론 나오토도 그렇기를 바라지만 너무나 갑작스러운 어머니
의 죽음은 나오토와 형제들의 마음에 지우려야 지울 수 없는 의
혹과 상처를 남겨 버렸다.

하지만 아마도 나오토는 죽음을 선택하지는 않을 것이다.

설령 그렇게 되어도 어쩔 수 없다고 생각할 만한 모든 조건이
다 갖춰진다 해도.

그 순간 눈앞이 새까매지고 멍해져서 할 말을 잃고 꼴사납게
서 있게 될지도 모르지만 그래도 나오토는 죽고 싶지는 않을 것
이다.

'죽는 것이 낫다'고 태연히 말할 수 있는 건 아직 삶에 대한

미련이 있다는 증거다.

죽음은 감미로운 안식 같은 게 아니다.

그렇다…. 적어도 나오토에게는.

그날 밤.

이성과의 평범한 섹스도 경험하지 못했는데. 아니, 그뿐만 아니라 아무 각오도 하지 못했는데 갑자기 마사키가 뜨거운 수컷을 뒤에 밀어 넣었을 때 나오토의 일상은 붕괴했다.

타오르는 덩어리로 가장 안쪽까지 꿰뚫려 비명이 얼어붙고.

신경이 타버릴 정도로 뒤흔들려 피가 끓어오르고.

뇌가 엉망진창이 되어 버릴 정도로 깊이 쳐 올려서 숨도 제대로 쉴 수 없었다.

그것은 섹스가 아니라 그저 배설 행위를 강요할 뿐인 강간이었다.

위로도, 애무도 없었다. 그저 하염없이 꿰뚫려서 찢겨질 뿐인 고문.

통증이 너무 심해서 나오토는 그대로 마사키에게 잡아먹혀 몸 안쪽부터 둘로 찢겨져 죽는 게 아닐까 두려웠다.

그 순간부터 나오토에게 '죽음'은 격통으로 직결되는 '공포'가 되었다.

금기를 범하는 현실은 빡빡하고 무겁지만 그래도 나오토는 죽고 싶지는 않다. 그런 것이다.

그때….

어둑어둑하고 무거운 암흑이 걷힌 뒤, 어렴풋이 흐릿한 시야

속에서 처음 나오토가 본 것은 말없이 그저 비통한 눈길로 자신을 응시하는 마사키의 창백한 얼굴이었다.

그러나 무거운 눈꺼풀을 억지로 뜬 나오토는 마사키가 왜 그런 눈으로 자신을 보는지… 알 수 없었다.

어머니가 죽은 이후 차갑고 아름답기만 한 유리구슬이 되어버린 마사키의 두 눈은 나오토를 돌아보지 않은 지 오래였다.

마사키에게 자신은 이제 비밀스러운 공범이 아니었다. 그뿐만 아니라 아무 도움도 되지 않는 짐짝에 지나지 않는다는 사실을 깨닫고 심한 충격을 받았다.

아버지가 자신들을 버리고 떠났을 때도, 어머니가 죽었을 때도 슬프고 괴로워서… 울고 싶어도 울지 못하고 그저 멍하니 서 있을 수밖에 없었지만, 마사키에게도 버림받을지 모른다고 생각하면 몸 전체의 뼈가 삐걱삐걱 울릴 정도로 슬펐다.

소리를 죽여 울고… 한탄하고 욱신욱신 아파 오는 마음을 주체할 길이 없었다.

그때부터 나오토는 이루어질 수 없는 꿈을 꾸길 그만두었다.

그런데 왜 마사키가 이렇게 비통한 얼굴로 자신을 보고 있는 것일까….

나오토는 그 이유를 알고 싶어서 마사키의 이름을 부르려고 몸을 꿈틀거렸다.

그러자 몸 안쪽에 균열이 생겼다.

그 순간… 마치 뻥 뚫려 버린 것 같던 기억이 격렬한 통증과 함께 단숨에 플래시백 했다.

왜 마 쨩이….

왜 내가?

아파.

아파!

싫어. 그만해!

아파.

아파!

아파!

그만해.

빼줘.

찢어질 것 같아!

뜨거워… 아파… 무서워!

무서워, 무서워… 무서워 무서워 무서워 무서워 무서워….

누가 구해 줘….

마 쨩… 그만해 그만해 그만해 그만해 그만해 그만해 그만해….

단숨에 터져 버린 그 기억이 너무나도 생생해서 나오토는 패닉에 빠졌다.

"싫… 어… 그만… 오지 마, 만지지 마!"

마사키는 쉬어 버린 목소리로 소리치는 나오토를 수건으로 감싸 끌어안고… 놓지 않았다.

"나오, 미안해. 잘못했어…. 미안해."

속삭이는 목소리는 고뇌로 가득하고.

"나오… 나는, 나는….."

지금까지 한 번도 들어 본 적이 없을 정도로 그 목소리는 딱딱하게 굳어 있었다.

몇 번이고.

몇 번이고.

마사키는 나오토의 떨림이 멈출 때까지 사죄의 말을 반복해서 속삭였다.

"미안해."

"내가 잘못했어."

"…용서해 줘."

—라고.

그래서 나오토는 공연히 더 마음이… 아팠다.

마사키가 만취 끝에 '특별한 누군가'로 착각해 저지른 만행.

상대가 '그녀'였다면….

아니. 적어도 '남자'인 자신이 아니었다면…. 마사키의 격정을 받아들일 수 있는 '여성'이었다면 이렇게 비참한 상황이 되지는 않았을 게 틀림없다.

그렇게 생각하면 억지로 찢어진 몸의 상처보다도 더 깊은 곳에서 뚝뚝 피가 떨어졌다.

그래도 나오토는 마사키를 원망할 수 없었다.

왜냐하면 그건 사고니까.

마사키는 술에 취해서 제정신이 아니었고 자신을 누군가와 착각하여 도를 넘어선 섹스를 한 것뿐.

그저 그것뿐….

그렇지 않으면 상대가 부족할 리 없는 마사키가 남자를, 그것도 남동생을 상대로 발기할 리가 없다.
아마도.
취해 버린 마사키를 방으로 옮겨 옷을 벗기지 않았다면 이런 사태도 일어나지 않았을 것이다.
그러니까 쓸데없이 참견한 자신이 잘못한 것이다. …그럴 것이다.

그건 사고니까.

나오토는 그렇게 필사적으로 자신을 납득시키려고 했다.
그렇지 않으면, 너무나도 스스로가 비참해서….
괴로워서….
서 있을 수 없을 것 같았다.
그리고 문득 생각했다.
어머니가 갑자기 죽어 버렸을 때 강경하게 사고라고 우기던 마사키도 역시 그랬던 것일까, 라고.

혼자 남겨지는 괴로움과 어쩔 수 없는 상실감.

그렇게 생각하니 나오토는 점점 더 슬퍼졌다.

찢어지는 아픔은 절대적인 공포와 함께 나오토의 몸과 마음에 새겨졌지만 그건 그저 사고일 뿐이니까. 그렇다면 잊어버릴 수밖에 없다.

그렇게 생각했다.

아무 일도 없었던 척하고.

잊은 척하고.

평소처럼 해 나갈 수밖에 없다.

왜냐하면 내가 있을 곳은 이 집밖에 없으니까….

지금은 아직 마사키의 얼굴을 보기만 해도 괴롭지만.

마사키의 모습이 시야 끝을 스치기만 해도, 그때가 갑자기 생생하게 되살아나서 토할 것 같을 정도로.

사실은 마사키가 조금… 무섭지만.

어쩔 수가 없어.

다행… 이라고 해야 할지 모르겠지만 어차피 마사키는 그다지 집에 돌아오지 않으니까. 그렇다면 그동안 조금 머리를 식힐 수 있겠다고 생각했다.

고등학교를 졸업하면 자신은 이 집에서 나간다.

그러면… 언젠가 정말로 잊어버릴 수 있을 것이다.

억지로 그렇게 생각하려고 했다.

그런데.

이제 막 꺼졌다고 생각했던 배덕의 업화業火는 그런 나오토의 짧은 생각을 비웃듯이 발밑을 끈적끈적하게 휘감았다.

마치 나오토의 항문에 입은 상처가 다 낫기를 기다리고 있었다는 듯이 그날, 마사키가 느닷없이 키스를 한 것이다.

그리고 너무나도 놀라서 한순간 얼어붙어 버린 나오토를 몹시 손쉽게 품속에 끌어안더니 더 깊게 키스해 왔다. 충격을 받아 제대로 숨도 가다듬지 못하는 나오토의 머리카락을 쓰다듬으면서.

"나오. 이번에는 제대로 키스부터 시작하자. 이제… 착각하지 않을 테니까."

요염하고 고혹적인 눈빛으로 나오토의 사고회로를 속박했다.

놀랐다… 보다는 전혀 예상치도 못했다고 말하는 게 정확할 마사키의 노골적인 변모.

나오토는 뭐가 뭔지 모르고 그저 멍하니 마사키를 응시했다.

시작은 분명히 술에 취해서 일어난 불행한 사고였다.

하지만 두 번째부터는 아니다.

마사키는 명확한 의사를 가지고 나오토에게 정욕을 터뜨렸다. 상대가 짐짝 같은 남동생이라도 성욕을 풀 상대가 될 수 있다고.

그런 건 싫었다.

견딜 수 없었다.

"두려워하지 않아도 돼. 나오⋯."

하지만 귓가에서 속삭이는 그것은 차갑고 매정하던 이전보다 훨씬 더 온화하고 상냥했다. 그렇다⋯. 저도 모르게 그 품에 매달려 울어 버리고 싶어질 정도로.

"키스만 할 테니까. 그러면 괜찮지?"

탐닉하는 키스는 농후했다. 머릿속까지 마비될 정도로⋯.

동시에 그 생생한 느낌은 나오토가 필사적으로 잊으려 하던 그날 밤의 공포를 떠올리게 만들었다.

"괜찮아. 무섭지 않아. 나오가 다칠 만한 짓은 절대로 하지 않을게. 약속해. 정말로 키스뿐이니까."

나오토의 마음을 간파한 마사키는 꿰뚫리는 공포를 떠올리자 소름이 돋은 그의 몸을 달래듯이 껴안고, 피부의 감촉을 즐기듯 손바닥으로 다정하게 쓰다듬었다.

오로지 나오토의 두려움을 없애 주기 위한 다정한 포옹.

그리고 부드러운 애무.

"나오를⋯ 원해. 나는 나오의 몸과 마음을, 모든 것을 원하지만. 근데 그러면 너무 걸신들린 것 같아서 추하잖아? 나오에게 미움 받고 싶지 않아. 그러니까 키스면 돼. 키스부터 천천히 시작하자."

질 나쁜 농담도, 거짓말도 아니다. 새로운 배덕의 시작을 선고하는 키스가 나오토의 입 안을 인정사정없이 유린했다.

끌어안고 키스.

도망치는 나오토를 양팔로 감싸는 것처럼, 달래는 것처럼….

머리카락을.

…손가락을.

……목덜미를.

"키스부터 시작하자."

그 말대로 마사키는 정말로 키스밖에 하지 않았다.

하지만 그 반동인지, 입술을 겹칠 때마다 주어지는 키스는 언제나 농후했다.

도망치는 나오토의 혀를 휘감아 빨아올리고, 얕고 깊게 각도를 바꾸어 몇 번이고 마구 탐닉했다. 굳어 버린 팔다리의 떨림이 어느 틈엔가 심장을 서서히 녹여 버릴 만큼 달콤한 통증으로 바뀔 때까지.

그리고 마사키가 하는 키스에 끌려 들어가듯 나오토가 얌전히 받아들이게 되자 마사키는 그 키스 아니, 그 입술로 나오토가 모르는 쾌감의 뿌리를 하나하나 발굴하여 혀와 손가락으로 조심스럽게 폭로해 갔다.

그저 가슴의 장식에 지나지 않았던 남자의 유두에도 쾌감이 싹튼다는 사실을, 나오토는 그때 처음으로 알았다.

처음에는 만질 때마다 그저 저항감밖에 느끼지 않았는데, 이제는 마사키가 손가락으로 유두를 집어 핥으면 옆구리에 오싹대는 달콤한 통증이 느껴졌다.

그리고 솟아오른 것을 깨물고 빨 때마다 아랫배에 음란한 미열이 쌓였다.

흥분하기에는 너무나도 치졸하고 애가 타는. 하지만 완전히 무시하기에는 신경 쓰이는 달콤한 통증.

그 은근하고 음란한 자극에 초조해진 나오토가 움찔움찔 허리를 흔들게 되면 마사키는 형태를 바꾸어 가는 그것을 손가락으로 찌르며 목 안쪽으로 웃었다.

"귀엽네, 나오. 유두를 만지면 기분 좋아서 나오의 여기도… 부푸는구나?"

말로 희롱당한 나오토의 얼굴이 빨개진다.

그러자 점점 더 심장이 빠르게 뛰고 그와 호응하듯 어째서인지 가랑이 사이도 아플 정도로 팽팽해져서….

"뭐야. 겨우 조금 자극했을 뿐인데, 단숨에 힘이 들어가 버렸네."

나오토는 수치심에 입술을 깨물고 고개를 숙일 수밖에 없다.

"하지만… 나는 기뻐. 내 키스로 나오가 느끼고 있다는 뜻이잖아?"

마사키의 속삭임이 달콤하다.

"이대로는 힘들지? 그러니까 내보내자, 나오."

그렇게 속삭인 마사키가 부드럽게 귓바퀴를 물었다. 그 달콤함 속에 감춰진 독을 나오토가 알아차린 순간, 몸이 움찔하고 굳어 버렸다.

그러자 가랑이 사이로 숨어 들어온 마사키의 손이 천 너머로 나오토의 것을 부드럽게 움켜쥐었다. 그 감촉에 저도 모르게 몸을 꿈틀댔다.

"괜찮아. 더 기분이 좋아지는 것뿐이니까."

마사키는 머리카락을 쓰다듬고 가볍게 키스했다.

"무서워하지 마. 자위라고 생각하면 되니까⋯. 응?"

한 번이라도 고개를 끄덕이면 다음부터는 거부할 수 없다. 키스 하나로 마사키에게 회유되어 버린 것처럼, 이 뒤로는 그저 추락하는 일만 남았다는 사실을 나오토는 알고 있었다.

그래서 어떻게든 마사키의 손을 떼어내려고 하자, 속삭임은 더 깊고 달콤해졌다.

"나오는 가만히 있으면 돼. 내가 나오를 기분 좋게 해주고 싶은 것뿐이니까."

그리고 움켜쥔 손가락을 부드럽게 움직이는가 싶더니,

"나오, 날 싫어하지 않지? 그렇다면⋯ 괜찮지?"

귓바퀴를 핥으며 키스했다.

"나오를 만져도 되지?"

그리하여 가랑이 사이에 휘감긴 동통은 더욱 자극적으로 바뀐다.

그러나 마사키는 그 이상 아무것도 하지 않았다.

"나오가 싫다면 아무것도 하지 않을게."

힘으로 억지로 강요할 생각은 없다고. 자신은 어디까지나 나오토의 의사를 존중할 생각이라고.

동시에 마사키는 같은 입으로 이렇게도 말했다.

"나는 나오에게 키스하고 나오를 만지고 싶어. 하지만 나오가 절대로 싫다면⋯ 포기할게. 나오에게 미움 받으면⋯ 괴로우니까."

그러자 나오토는 불안해졌다.

만약 이대로 마사키의 손을 거부하면 어떻게 될까… 하고.

그러자 마사키는 그런 나오토의 동요를 간파한 듯 속삭였다.

"그러니까 이제 나오에게는 키스도 하지 않고 이렇게 안지도 않을게. 이대로 바로 이 방을 나가서 두 번 다시 나오를 만지지 않을게. 그렇게 되면 당분간은 나오의 얼굴을 보기도 괴로워서 집에도 돌아오지 못하겠지만…."

마사키의 애무를 거부하면 마사키는 집에 돌아오지 않게 된다.

이대로… 계속?

그리 생각하니 나오토는 가슴 안쪽이 송곳에 푹 찔린 것 같은 기분이 들었다.

금기를 범하는 죄책감은 뿌리 깊은 법이다.

하지만 한번 잃어버릴 뻔했던 좋아하는 마음이—마사키에 대한 굶주림 쪽이 훨씬 강했다.

부정할 것인가.

승낙할 것인가.

결단을 강요하는 그 말에 나오토는 어색하게 굳어 있던 몸의 힘을 뺐다.

아무 말도 하지 않는 소극적인 승낙.

"착하지, 나오."

마사키는 만족스럽게 속삭이고 귓바퀴에 키스하더니,

"기분 좋은 거 하자, 나오."

느릿한 손놀림으로 나오토의 속옷을 내리고 직접 만졌다.

"이제부터는 계속 내가 해줄게. 그러니까 나오토는 자위 같은 거 하지 않아도 돼. 알았지, 나오?"

그리고 억지로 강요하진 않지만 결코 '싫다'고 말하지 못하게 만드는 마사키의 농간에 완전히 놀아나, 문득 깨달았을 때에는 생각지도 못한 쾌감까지 느낀 나오토는 꼼짝도 할 수 없게 되어버렸다.

남자의 쾌감은 사정하는 것이 전부가 아니라는 사실을 마사키가 가르쳐 주었다. 그 쾌감의 깊이를 알고… 나오토는 볼썽사납게 낭패했다.

꽃심뿐만이 아니라 꿀주머니를 가볍게 매만지면 느껴지는 달콤쌉쌀한 아픔.

그래도 마사키가 나오토의 다리를 크게 벌려 두 개의 방울을 가볍게 물고 하나하나 핥았을 때에는 너무 부끄러워서… 울고 싶어졌다.

하물며 꿀주머니의 뒤쪽을 혀로 훑으며 키스하면, 곧바로 등골에 저릿한 전류가 지나가고 손끝까지 찌릿찌릿 저려 왔다.

그러나 한번 가혹하게 당한 뒷구멍이 나오토의 트라우마의 원흉이라는 점은 변함이 없었다. 마사키의 손가락이 하나만 들어가도 여전히 허벅지가 떨리고 경련했다.

마사키의 손이 꽃심을 조심스럽게 매만져 사정하는 것은 치욕스러워도 쾌감이라는 음란한 면죄부가 따라왔지만, 그곳으로 마사키와 하나로 이어질 때 느끼는 불타는 듯한 고통과 죄책감은 앞으로도 사라지지 않으리라.

"나오가 내 것이 되어 주지 않는다면 대신 유우타를 먹어 버릴까? 어떻게 할래, 나오? 그래도… 괜찮아?"

비열하게 웃으며 속삭이는 마사키에게 나오토는 입술을 떨며 천천히 고개를 가로저었다.

그때 나오토는 마사키에게 끌려가 영원히 도망칠 곳을 잃어버렸다고 생각했다.

하지만 이제 와서 반추한다. 그건 사실 마사키에게 책임을 전가하려는 비겁한 마음에 지나지 않는 것이 아닐까, 라고.

응석받이 유우타는 누구에게나 사랑받는 존재였다.

아버지의 불륜으로 가정이 붕괴하여 손쓸 길이 없을 정도로 비뚤어져도, 등교를 거부하는 히키코모리가 되어도 그 사실은 변함이 없었다.

주위 사람 모두가 유우타를 배려하고 걱정하고 손을 내밀어 준다.

선택받는 것은 나오토가 아니라 늘 유우타였다.

그래서 그때.

"나오토인지, 유우타인지."

마사키가 그렇게 속삭였을 때.

남자가 남자에게 강간당하는 이중적인 배덕. 그 오욕과 공포를 유우타에게만은 맛보게 하고 싶지 않다는 비통한 각오 뒤에는 아마도 '마 쨩만은 유우타에게 빼앗기고 싶지 않아!'라는 무의식적인 질투와 타산이 있었을 것이다.

어쩌다가 자기가 먼저 마사키와 그렇게 되었을 뿐이다. 아마 마사키는 어머니를 잊기 위한 배출구로 쓸 상대라면 나오토가 아니라 유우타여도 상관없었던 게 아닐까….

아주 어린 시절부터 나오토에게는 마사키만이 유일한 마음의 버팀목이었다. 그래서 유우타에게만은 마사키를 빼앗기고 싶지 않았다.

지금 생각하면 그게 나오토의 거짓 없는 진심이었을 것이다.

예나 지금이나 나오토가 가장 두려워하는 것은 마사키의 수 컷이 몸 깊은 곳을 꿰뚫는 것도, 유우타가 마사키와의 육체관계 를 규탄하는 것도 아니었다. 지금 여기에서 마사키에게 버림받 는 것이다.

금기를 범하기 전에는 자기 다리로 제대로 서 있을 자신이 있 었다.

하지만 마사키가 굳어 버린 몸 안쪽에서 쾌감을 한없이 끌어 낸 뒤로는 제대로 걸을 수도 없게 되어 버렸다.

그래서 나오토는 스스로 경계한다.

몸은 쾌감에 녹아 버려도 지나친 꿈은 품지 않겠다고.

마사키는 그 한여름의 끔찍한 행위에 대해 한쪽 뺨을 일그러 트리고 이렇게 말했다.

"잔뜩 취해서 이성이 날아간 짐승의 코앞에 바라 마지않던 사냥감이 매달려 있었어. 그래서 꿈이라고 생각했어. 현실에서 이루어지지 않는 일이라도 꿈에서라면 허용돼. 그렇게 생각하고 정신없이 달려들어 먹어 버렸어."

그리고 품속에 나오토를 끌어안더니, 진지하게 강렬한 눈으로 딱 잘라 말했다.

"나오. 너는 이제 내 거야. 누구에게도… 주지 않겠어."

그러더니 끈적끈적하게 혀를 휘감아 나오토의 입술을 탐했다.

너는 내 거야….

그 말의 황홀한 열기.

그 말이 오로지 자신에게만 향한 것이라면 틀림없이 환희하여 머릿속까지 녹아 버리겠지만.

그러나 나오토는 알고 있다.

'나는 마 쨩의 것이지만. 마 쨩은… 나만의 것이 아니야.'

독점욕이라는 달콤한 독.

모두가 마사키에게 매료되고 단 한 명의 '특별한 사람'이 되고 싶다 갈망하지만 아무도 마사키를 속박할 수 없다.

마사키를 독점할 수 있었던 것은 단 한 명, 죽은 어머니뿐….

어머니가 죽은 뒤 제동장치가 부서져 버린 양 마사키의 여성관계가 문란해진 것도, 그만큼 충격이 컸다는 증거이리라고 나오토는 생각했다.

사귀는 여자를 집으로 데려오는 일은 없었으나, 버림받은 여자가 미련이 남아 끈질기게 전화를 걸 때도 있었고 남몰래 트러블도 많았던 것 같다.

업무상의 관계… 라고 말해 버리면 끝이겠지만. 지금도 마사키가 애용하는 코롱과 다른 냄새를 풍기며 돌아오는 경우도 별로 드문 일이 아니었다.

꿈에서밖에 허용되지 않는 것이 현실에서 이루어지면 그걸로 '꿈'은 끝난다.

그러면 그다음에는 어떻게 되는 걸까.

그 대답을 알고 싶어도 마사키에게 묻기가 두렵다.

생판 남이라면 '동성간의 연애'에 대한 세상의 눈은 조금 관용적으로 바뀌었을지도 모르지만, 형제상간이라는 금단의 관계는 아무도 허용하지 않을 것이다.

그래서 만약 지금부터라도 섹스를 그만두고 원래대로 형제로 돌아갈 수 있다면 나오토는 그렇게 하고 싶었다.

마사키와의 섹스는 금기가 너무 강해 매일이 힘들고 무겁다.

하물며 그 섹스에서 생각지도 못했던 독이 깃든 달콤한 쾌락을 느끼면 느낄수록 나오토는 점점 더 불안해졌다.

쾌락의 '맹독'이 곪아 버리기 전에 어떻게든….

하지만 필사적인 마음으로 그렇게 말하자 마사키의 얼굴에서 핏기가 확 가셨다.

"이제 와서 무슨 소리를 하는 거야, 나오. 만약 진심으로 그렇게 말하는 거라면 나도… 진짜 화낼 거야."

냉정한 태도이지만 진심으로 화가 난 듯한 마사키가 양쪽 방울을 지독히 문지르자 나오토는 목이 쉬어 버릴 정도로 울었다.

그러고는 잇자국이 남을 정도로 세게 유두를 깨물며 몰아붙인다.

"아아… 너무 어리광을 받아 줬나? 그래서 그렇게 제멋대로 말하는 거야? 그렇다면 조금 벌을 줘야겠군."

마지막 정액 한 방울까지 짜내듯이 몇 번이고 강제로 사정시켰다.

끝내는 단단하게 치솟은 마사키의 수컷이 나오토를 깊이 꿰뚫었다.

"나오는 누구 거였지?"

"으으윽… 마… 쨩… 거…."

있는 한껏 쳐 올리고.

뒤흔들고.

휘저으면.

"안 들려, 나오."

"흭… 앗… 앗…. 응… 으… 쨩 거, 마… 쨩 거!"

"안 들린다고… 했을 텐데?"

"마… 쨩… 거…. 응… 아아앗… 마… 마 쨩 거!"

뜨거운 아픔이 끝나지 않아 뇌수를 도려내는 것 같은 공포가 엄습한다.

"그러면 다시는 말하지 않을 거지, 나오? 나오는 내 거니까. 그렇지?"

"안… 해애…. 안 할… 테니, 까…. 마… 쨩… 마 쨩… 제발, 그… 만…."

두 번 다시 그런 말은 하지 않겠다고 계속 맹세하고 울었다.

처음 강간당했을 때를 빼면 그때까지 나오토는 달콤한 아픔 밖에 몰랐다.

마사키가 주는 감미로운 속삭임과 마사키가 가르친 쾌감이 너무나 깊어서 강간의 공포도 서서히 흐려져 갔는지 모른다. 하지만 그것과는 또 다른, 진심으로 화가 난 마사키의 격렬한 분노를 접한 나오토는 몸 안쪽부터 굳어 버렸다.

나오토에 대한 마사키의 억압이 심해진 것은 그 이후부터다.

독점욕이라는 이름의 일그러진 집착.

몸도 마음도 마사키에게 얽매이는 것의 아픔과… 두려움.

그로 인한 은밀한 안도감.

사야카는 어머니와 형의 관계를 나오토가 알고도 숨긴 걸 큰 소리로 비난하며 어머니를 규탄한 것과 같은 입으로,

"알고도 말없이 보고만 있었다니…. 너… 최악이야. 네가 아무 말 없이 보고 있었으니까…. 네가 말리지 않았으니까…. 네가 오빠를 지옥에 떨어트린 거나 마찬가지잖아! 너… 언젠가 반드시 벌 받을 거야!"

그런 말을 던졌다.

그 '벌'인지 뭔지가 마사키에게 강간당하는 것일까. 아니면 그만두려 해도 그만둘 수 없는 비생산적인 육체관계를 질질 끄는 것일까.

아니….

그보다, 무엇보다.

금기와 윤리를 짓밟고 얻는 쾌감이 깊으면 깊을수록 언젠가

통렬한 대가가 올까 봐… 무섭다.

그래서 나오토는 침대 안에서 마사키가 아무리 달콤한 말을 속삭여도 스스로 경계하기를 잊지 않았다.

배덕은 독이 있기에 달콤한 것이다.

멋대로 뭔가를 기대하고 달콤한 꿈을 꾸었다가 기대와 달리 상처 받게 될까 봐 무섭다.

과거의 괴로운 경험과 그때 느낀 상실감의 아픔이 나오토의 내면에서 뿌리 깊은 트라우마가 되었다.

첫 번째는 견딜 수 있었다.

하지만 두 번째는… 자신이 없다.

그 마음이 나오토를 얽어맨다.

아무것도 몰랐던 어린 시절처럼 마사키에게 어리광을 부리고 마음을 기대는 그런….

마음이 엉망진창으로 꺾여 버릴 달콤한 '꿈'은 두 번 다시 꾸지 않겠다고.

초대받지 않은 방문자

그날 방과 후.

일주일에 한 번 열리는 학년 대표 위원회는 예정 시간을 완전히 넘어서 끝났다.

그 때문인지 다목적 홀에서 나오는 사람들은 모두 지친 얼굴이었고 기분 탓인지 발걸음도 무겁다.

나오토는 1학년 때 같은 반이었던 2반의 나카노, 8반의 야마시타와 함께 그대로 서문 자전거 정류장으로 향했다.

평소에는 하교 시간이 되면 붐비는 자전거 정류장도 이 시간대에는 휑하니 조용하다. 그 때문인지 나카노의 투덜거림도 좀 크게 들린다.

"카츠라기는 너무 고집쟁이라니까."

그 말을 들은 야마시타도 무거운 한숨을 흘린다.

"…그 녀석, 10반 시마자키와 견원지간이라던데."

"그래도 그렇지. 뭐든지 반대만 하면 어떻게 해? 안 그래, 시노미야?"

"그건 그렇지만. 카츠라기의 입장에서는 집행부가 막무가내로 밀어붙이는 대로 조금씩 끌려가는 게 싫었던 거 아닐까?"

납득할 수 없는 일을 제대로 얘기하지 않으면, 반 아이들을 대표하여 참가한 의미가 없다.

카츠라기의 명분도 알지만. 그래도 곤란하다… 는 게 나오토를 비롯한 다른 사람들의 솔직한 심정이기도 하다.

말 잘하는 사람들끼리 논리 정연한 말투로 한 걸음도 물러나지 않고 대립하는 구도란 보기만 해도 피곤하다. 그렇다고 끼어들었다간 양쪽 다 싫어할 테고….

각 반이 한 달마다 돌아가며 의장을 맡게 되어 있기에, 매달 의사 진척 상황이 변하는 것은 어쩔 수 없다. 하지만 이번 달 담당 의장인 6반의 하가도 끝내 어쩔 도리가 없었는지, 결국 결론이 나오지 않은 채로 의제가 다음으로 넘어갔다.

"음…. 나는 힘센 사람에게는 냉큼 굴복하는 게 편하다는 주의인데. 귀찮으니까. 그때마다 일일이 반 애들의 의견을 모으는 건…."

"그래그래. 우리 반도 여자들이 꽤 시끄럽다구."

"그런 건 세가와한테 맡겨 버리면 되잖아. 여자는 여자끼리 하면 어때?"

"안 돼. 그 녀석에게 맡기면 입을 엄청나게 놀리니까 싸움판이 벌어져서 엉망이 된다구…. 더 수습이 안 될걸."

"하하하…. 우리 반 카토랑은 완전히 정반대로군. 그 녀석은 입이 무거워 시간만 잡아먹고, 전혀 얘기가 진행이 안 되거든."

"아무튼 무책임하게 하고 싶은 말만 하고 상황을 휘젓지 말아 줬으면 좋겠어."

그래서 반의 잡일을 떠맡는 대표 위원 따위는 아무도 하고 싶어 하지 않는 거라고, 야마시타가 새삼스럽게 입을 삐죽거린다.

"그 점에서 7반은 좋겠네. 시노미야랑 오우사카 콤비는 최강 이잖아."

"…그래. 오우사카가 인정사정없이 노려보고, 시노미야가 생긋 웃으면서 정리하고. 7반의 당근과 채찍. 아무도 불평을 안 한다니까."

완전히 농담 같지도 않은 7반의 사정을 들으면, 졸지에 '당근'이 되어 버린 나오토도 쓴웃음을 띠지 않을 수 없다.

"그러고 보니 궁금했는데. 오우사카가 대표 위원에 입후보했을 것 같진 않단 말이야. 역시 7반도 제비뽑기 했어?"

"응. 뭐, 일단은…."

"뭐야, '일단은'이라니."

"아, 나 알아. 사실 오우사카 말고 다른 한 명은 아소우였잖아? 하지만 아소우가 시노미야한테 바꿔 달라고 눈물을 쏟으며 애원했다면서?"

그렇다.

임원을 결정하는 학급 회의가 끝난 뒤. 아소우와 그 친구들인 여학생들이 나오토를 빙글 둘러싸고 입을 모아 애원했다. 여자인 아소우가 오우사카의 파트너를 하긴 너무 힘드니까 대신 해주지 않겠느냐… 고.

그렇다고 왜 자신에게 화살이 향하는지 나오토는 잘 알 수 없었지만, 아소우의 얼굴이 노골적으로 일그러져 있었기에 싫다고 할 수도 없었고…. 뭐, 나오토도 꼭 홍보 위원을 하고 싶은 건 아니었다.

애초에 아소우와 교대했다고 말했을 때 오우사카가 힐끔 노려봤지만.

어쩌면.

…역시.

오우사카도 말로 하지 않을 뿐, 사실은 은근히 '미스 7반'이라는 소문이 자자한 아소우와 둘이 어울리기를 기대한 것이 아닐까 생각했다. 아무리 농담이라도 오우사카에게 그걸 물어볼 생각은 없었다.

"아소우라…. 역시 여자는 그 오우사카의 코를 납작하게 만들 수 없겠지."

"여자가 아니라도 마찬가지일걸? 뭐든 균형이 중요하잖아. 그 점에서 하늘의 도우심이라고 해야 할까, 선생님의 지혜라고 해야 할까… 7반에는 시노미야가 있어서 다행이야."

호흡을 척척 맞추어 고개를 끄덕이는 두 사람을 곁눈질하며 당시 같은 반 친구들의 반응도 거의 비슷했다는 사실을 떠올린 나오토는 새삼스럽게 생각했다.

'어쩐지 좀 그래….'

쇼난 고등학교 최고의 무투파인 오우사카 카즈시는 신도류 가라테 유단자다. 다섯 살 때부터 도장에 다녀서 그쪽에서는 상당한 유명인이라고 한다.

185센티미터, 78킬로그램. 잘 단련된 날렵한 체구와 조금도 웃지 않는 대담한 얼굴은 신입생 때부터 변함이 없어, 엄청난 위압감이 줄줄 흐른다.

그 때문에 학생들은 두려움이 담긴 눈길로 '2학년 7반의 케르베로스'라고 부른다.

쇼난 고등학교는 입학할 때 특진 코스로 추천을 받을지언정 스포츠 특대생 제도는 없기 때문에, 오우사카 역시 평범한 근육 바보는 아니었다. 문자 그대로 문무를 겸비했다는 뜻이다.

'크다.'

'무섭다.'

하지만 주위에 떠밀리지 않고 확고한 자기주장을 관철하는 그 모습은 '멋있다'고. 아무리 그래도 대놓고 꺅꺅거릴 만한 담력과 근성이 있는 녀석은 없지만, 그 이질적인 존재감은 은근히 인기가 있었다.

어디에 있어도 눈에 띄는 오우사카에 비해 체격은 상당히 뒤지지만, 나오토는 신기하게도 그런 오우사카와 나란히 있어도 못나 보이지 않았다. 둘이 함께 있으면 공연히 더 사람의 눈을 끌어서, 2학년 7반 대표의 '이름'과 '얼굴'은 두 사람이 모르는 곳에서 꽤 화려하게 팔리고 있었다.

그런 오우사카가 '케르베로스'라고 불리게 된 것은 격주로 이루어지는 전학년 대표 위원총회에서, 못된 상급생이 나오토에게 깐죽거리자 화가 난 오우사카가 책상을 쾅 때리며 땅바닥에 깔린 듯한 저음으로 으름장을 놓은 데서 기인했다는 것이 주지의 사실이다.

"깐죽거리는 거 시끄러워 죽겠네. 2학년 7반의 반 대표는 시

노미야 혼자만이 아니라고. 불만이 있으면 나한테도 말해. 상대
할 테니까."

학년 차에 관계없이 그 존재감으로 주위를 마구 위협하는 오
우사카가 조용히 이를 드러내고 짖는 모습을 보고 방 안은 순식
간에 소리 없이 얼어붙어 버렸다.

누가 먼저 말했는지는 모르지만.

지옥의 번견 '케르베로스'라는 표현이 그야말로 너무 잘 어울
려서 무섭다.

그때의 일에 대해 나카노는 가볍게 말했다.

"나 그때 진짜로 오줌 쌀 뻔했어. 역시 오우사카는 범상치 않
단 말이야."

그러나 나카노의 눈과 말투에는 웃음기가 조금도 없었다.

그런 일이 있은 뒤 좋은 의미로든 나쁜 의미로든 '2학년 7반
의 케르베로스'라는 별명이 학교 구석구석까지 퍼져 버렸다.

하지만 실제로 그 자리에 있던 사람들의 눈에는 2학년 7반의
케르베로스라기보다는, 오히려 나오토의 등 뒤에서 말없이 노
려보는 '시노미야 나오토의 케르베로스'라는 이미지가 더 강하
게 새겨졌다. 상급생으로서 체면을 구긴 그 녀석이 눈에 띄게
얌전해져서는 그 후부터 나오토와 눈도 맞추지 않게 된 건 당연
한 일이었고, 이후 아무도 나오토에게 이상한 참견을 하려 하지
않았다.

이러한 뒷사정을 다행인지 불행인지 나오토는 모른다.

문제의 오우사카는 오늘 도저히 빠질 수 없는 볼일이 있다며

위원회를 결석했다.

그래서일지도 모른다. 카츠라기와 시마자키가 완전히 도를 넘어선 설전을 벌인 것은….

그런 의미로 확실히, 좋은 의미로든 나쁜 의미로든 오우사카에게는 남들과 다른 엄청난 존재감이 있다고 할 수 있었다.

그때 야마시타가 갑자기 말을 꺼냈다.

"시노미야, 네가 카츠라기에게 너무 눈에 띄게 물고 늘어지지 말라고 말해 줘. 다음에도 저런 식으로 굴면 곤란할 테니."

"어…? 왜 내가?"

"그게, 우리가 말하면 이상하게 발끈하잖아. 시노미야가 잘 달랠 수 있을 것 같은데."

그러니까 왜 거기서 자기 이름이 나오는지, 나오토는 고개를 갸웃거리고 싶어진다.

"안 된다니까. 카츠라기는 자기 신조에 어긋나는 것에 대해서는 완고해. 옆에서 이것저것 참견했다간 쓸데없이 고집을 부리게 되어서 더 수습할 수 없어질걸?"

그런 건 대표 위원이라면 모두 알고 있다.

"괜찮아. 그 오우사카도 시노미야의 말만은 제대로 듣잖아."

"그렇기는 해. 오우사카에 비한다면 카츠라기는 귀여운 햄스터지."

그 말을 들은 나오토는 깊고 무거운 한숨을 흘렸다.

대체 뭘 보고 그렇게 말하는지 나오토로서는 모르겠지만, 아무래도 반 친구들을 필두로 주위 녀석들은 아무도 따르지 않는

야생 호랑이의 목에 유일하게 '방울'을 달 수 있는 건 나오토뿐이라고 생각하는 모양이다.

정말이지 말도 안 되는 오해다.

아니, 그보다 왜 그런 근거 없는 소문이 도는지…. 나오토는 이상해서 견딜 수가 없다.

오우사카가 그렇게 귀여운 녀석이 아니라는 건 누가 봐도 일목요연할 텐데. 아니 땐 굴뚝에 연기를 피워 근거 없는 소문을 퍼트리는 게 대체 뭐가 재미있을까.

그 근거 없는 소문의 출처가 대표 위원 총회에서 있었던 문제의 사건임을 알았을 때, 설마 소문의 꼬리가 그렇게까지 커졌을 줄 몰랐던 나오토는 저도 모르게 그 자리에 주저앉아 머리를 끌어안고 싶어졌다.

'…우와… 완전히 꼬여 버렸잖아. 설마… 히로세 씨나 다른 사람들이 복수하는 건 아니겠지?'

실제로 나오토는 다른 사람들이 생각하는 것만큼 오우사카와 친하지 않다.

아니. 나오토뿐만이 아니라, 오우사카에게는 점심시간에 함께 어울릴 만한 친구가 한 명도 없다 해도 과언이 아니다.

오우사카는 원래부터 외톨이 늑대 같다. 하지만 반에서 겉도는 말없는 '에일리언'이라기보다는, 오히려 동떨어진 구석이 전혀 없는 '중요 인물'이다.

구석에서 몰래 꺄악꺄악거리는 사람이야 있지만 가볍게 옆에 다가갈 수 없는 독특한 분위기를 깨고 친해져야겠다고 생각할 만큼 근성이 넘치는 도전자는 아직 전혀 없다.

2학년 7반의 반 대표 위원이라는 직함이 없다면, 아마 나오토도 오우사카를 멀찍이서 바라보기만 하는 그 외 다수의 한 명에 지나지 않았을 것이다.

지금도 대화는 그럭저럭 잘 나누지만 극단적으로 말하면 어디까지나 같은 대표 위원으로서 필요하기 때문에 이야기를 하는 것에 지나지 않고, 학교에서도 개인적으로도 그 이외에 오우사카와 나오토가 붙어 있었던 적은 없다.

그뿐만 아니라, 솔직하게 말하면 근본적인 부분에서 나오토는 오우사카가 꺼려졌다.

체격이 좋고 냉정하고 차분한 분위기가 아무래도 마사키의 분위기와 비슷하게 느껴지기 때문이다.

오우사카에게만 그런 느낌을 받는 게 아니다. 마사키에게 강간당한 뒤 나오토는 한동안 키 크고 체격 좋은 남자를 만나면 이유 없이 공포를 느끼고 몸이 굳어 버렸다.

그건 의식 밑바닥에 새겨진 나오토밖에 모르는 트라우마였다. 자칫 잘못했다간 구역질까지 치밀 때가 있어서, 스스로는 어쩔 수 없게 된다.

지금은 조금 나아졌지만 그래도 나오토는 아직 인파 속에 있는 것이 싫었고, 오우사카가 갑자기 등 뒤에 서면 조건반사처럼 움찔하고 몸이 굳을 때가 있다.

그런 거북함은 보통 아무리 잘 숨겨도 문득 표정으로… 그리고 태도로 드러나 버리기 마련이다.

그 증거로, 대화의 계기는 늘 나오토가 오우사카에게 일방적으로 말을 거는 식이었다. 오우사카는 간단명료히 대답해 주긴 하지만, 그가 먼저 나오토에게 말을 거는 일은 좀처럼 없었다.

그래서 어떻게 하면 '오우사카의 목에 방울'을 달 수 있는지 나오토는 잘 모른다.

오우사카도 남들이 그런 눈으로 바라보면 기분이 나쁠 텐데… 라는 생각도 든다. 하지만 어쩌면 그런 소문 자체가 오우사카의 귀에는 들어가지 않았을 가능성도 있다고 생각하니, 나오토는 뭔가 복잡한 심경이었다.

나오토의 착각이 아니라면, 좋은 의미에서나 나쁜 의미에서나 오우사카는 남에게 흥미가 없는 것처럼 보였다.

가치관이 너무 다른 걸까.

아니면 그저 단순히 사람들과 어울리기가 귀찮은 걸까.

혹은 같은 나이대의 나오토를 비롯한 친구들이 너무 어려서 말상대로는 부족하다고 생각하는 걸까.

오우사카가 그 특이한 존재감으로 스스로도 알지 못하는 사이에 보이지 않는 벽을 만들고 있다면, 나오토는 반대로 의식적으로 선을 긋는다.

'저쪽'과 '이쪽'—그 경계선.

나오토에게는 그 경계선이 쇼난 고등학교에서의 학교생활이었다.

그래서 안으로 들어오지 않기를 바라는 '이쪽 영역'에는 굳게 문을 닫고 자물쇠를 건다. 아무도 들어올 수 없도록.

그 문이 제대로 잠겨 있는 것을 확인한 나오토는 '저쪽'으로 돌아가 매우 평범한 고등학생의 가면을 쓰는 것이다.

친구 관계는 넓고 얕게…. 가족을 비롯한 신변에 대해 누구도 깊게 파헤치지 않기를 바라기에, 누구와도 깊은 관계를 가지려 하지 않는다.

물론 사람을 가리지 않고 가벼운 이야기 정도는 하지만, 방과 후를 함께 보내는 친밀한 친구는 없다. 그런 부분은 오우사카와 같다.

그럼에도 나오토가 반에서 고립되지도 매몰되지도 않는 것은 그 말투와 태도에서 단아한 품격이 느껴지기 때문이다.

그런 나오토의 성정이 오우사카의 성격과 잘 맞는다는 것을 나오토 자신은 알지 못하겠지만, 반 아이들은 나오토의 존재가 오우사카의 위압감을 중화시켜 준다고 생각했다. 그로 인해 일종의 안도감마저 느꼈다. 따라서 모두가 반쯤 무의식중에 두 사람을 한 세트로 인식하고 있었다.

나오토는 기본적으로 사람을 가리지 않는다.

모든 사람들과 좋은 관계를 유지하기에 자칫 잘못했다가는 비호감으로 받아들여질 수도 있지만, 나오토는 용모와 마찬가지로 성격도 서글서글하고 거북하지 않다. 경박하거나 이상하게 들뜬 면도 없고, 그럴 뿐만 아니라 꺼낸 말은 반드시 실행하는 책임감도 있다.

게다가 억지로 강요하지 않는 부드러운 말투는 누가 들어도 기분 좋다.

"야마시타. 오우사카가 내 말은 들어준다니…. 그건 좀 다른 것 같아."

"어…? 뭐가?"

"오우사카는 컨디션이 안 좋으면 오른쪽 귀로 들은 말을 왼쪽으로 그냥 흘려보낼 뿐이야."

가볍게, 그런 농담 같은 말을 내뱉을 수 있을 만큼.

"우리 반 케르베로스 님을 조련하다니 어떻게 그런 송구스러운 짓을…. 아무리 나라도 그런 분수도 모르는 짓은 못한다고."

그러자 한순간 당황한 듯 입을 쩍 벌린 야마시타의 옆에서 나카노가 풉 하고 웃었다.

그렇게 한바탕 크게 웃더니 거리낌 없이 나오토의 등을 퍽퍽 때린다.

"좋아…. 좋아, 시노미야. 네가 그 얼굴로 시치미 떼고 농담을 하다니… 걸작이야."

나오토가 노골적으로 얼굴을 찌푸렸다.

"나카노… 아파."

한편 웃을 타이밍을 완전히 놓쳐 버린 야마시타는 장난치는 두 사람을 곁눈질하며 무겁게 말을 흘렸다.

"그런 농담을 태연히 내뱉을 수 있을 만큼 대범한 녀석은 시노미야뿐이라구."

완전히 웃음보가 터져 버린 나카노는 내친김이라는 듯 잔뜩 힘주어 야망을 내뱉었다.

"오우사카를 조련하다니… 젠장, 나도 한번 해보고 싶어!"

그래도 야마시타는 좀처럼 납득이 되지 않는지 계속 자기주 장을 고수했다.

"하지만 농담이 아니라 진짜로, 시노미야가 말하면 그 녀석 도 들을 거라고 생각하는데….."

"뭐, 다음 모임까지 양쪽 다 머리를 식혀 줬으면 좋겠어."

지당한 나카노의 말에 나오토와 야마시타도 고개를 끄덕이고 는 각각 자기 자전거 자물쇠를 풀고 서문을 나왔다.

바로 그때.

"저기… 죄송합니다."

갑자기 들려온 목소리에 셋이 함께 돌아보자, 낯모르는 소녀 가 있었다.

"시노미야… 나오토 씨. 맞죠?"

소녀는 나오토만을 가리켜 불러 세웠다.

'어…? 나?'

나오토는 내심 놀람을 숨기지 못하고 눈을 크게 떴다.

그런 나오토의 옆구리를 찌르며 나카노가 속삭였다.

"어이, 시노미야. 누구야?"

'누구?'라고 물어도 나오토는 전혀 본 적이 없는 사람이었다.

"아니… 누군지…."

저도 모르게 말을 흐리는 나오토를 곁눈질하며 야마시타가 흥분하여 들뜬 투로 말한다.

"저거… 미네쿠라의 유카리 여고 교복 아냐?"

그러자 나카노까지 몸을 앞으로 내밀었다.

"어? 진짜?"

하지만.

"유카리… 여고라고?"

나오토는 그런 방면에는 완전히 어두워서 '미네쿠라의 유카리 여고'라 해도 전혀 알 수가 없었다.

중학교, 고등학교, 단과대학 일관교육으로 이름이 알려진 유카리 여학교는 사립 여학교 중에서는 최고 수준의 학교다. 거의 100%가 중학교부터 에스컬레이터식으로 진학하고, 고등학교부터는 외부에서 오는 학생을 매년 한 반에 30명 정도밖에 모집하지 않아 난관 중의 난관이라고 불릴 정도로 좁은 문이었다.

근처 중고등학교의 여학생들은 유명 디자이너가 만든 유카리 여고의 청초한 교복을 동경하기도 했다.

"어어어, 시노미야, 몰라? 유카리 여고라면 돈 좀 있는 집 애들이 다니는 사립 여학교잖아."

"그래. 아무리 머리가 좋아도 못생기면 면접시험에서 가차 없이 떨어트린다는 이야기가 있을 정도로, 미인이 즐비하기로 유명하지."

또한 이렇듯 일부 남학생들의 열렬한 선망을 받고 있다.

친구들의 거리낌 없는 말에 나오토는 '잠깐…. 아무리 그래도 그런 식으로 말하는 건 좀 그렇잖아'라고 생각하면서 다시금 천천히 소녀를 본다.

세상 사람들의 평가 기준대로 따져 보면 확실히 예쁘다… 고할 수 있겠지만 나오토는 철이 들 무렵부터 마사키나 사야카의 화려한 미모를 지겨울 정도로 보아 익숙했기에 야마시타나 나카노처럼 동요하지 않았다.

무엇보다 다른 학교의 모르는 여학생이 왜 자기 이름을 알고 있는지, 그런 의문이 먼저 들었다.

"나한테… 무슨 볼일이지?"

나오토는 의아한 시선을 보냈다.

그러자 그녀는 눈도 깜빡이지 않고 강한 눈빛으로 나오토를 마주 보며 말했다.

"저기… 잠깐 괜찮을까요?"

그리고 흥미진진하게 두 사람을 번갈아 보는 야마시타와 나카노가 신경이 쓰이는지, 둘에게 흘끗 시선을 던지더니 못을 박았다.

"가능하다면 둘이서 이야기하고 싶은데요."

암암리에 방해꾼이라는 말을 들은 바나 마찬가지인 나카노는, 다른 학교 여학생이 일부러 교문에서 기다리는 건 틀림없이 나오토에게 고백하러 온 거라 생각했는지 별로 기분이 상한 기색도 없었다.

"아… 그런가. 그렇지…. 그럼 시노미야, 우린 먼저 돌아갈게."

오히려 마치 격려라도 하듯이 탁 하고 나오토의 어깨를 가볍게 치고 재빨리 귓가에 속삭였다.

"노력해서 꼭 성공해."

"…뭐?"

뭘 노력하고 성공하는지. 저도 모르게 굳어 버린 나오토의 당황스러운 표정을 보고 씩 웃은 나카노는 야마시타와 함께 자전거를 타고 씩씩하게 떠나갔다.

"유카리 여고 여자 친구라니 엄청나잖아?"

뭐…?

'어어어어어…….'

그런 생각은 조금도 하지 못했던 나오토는 무책임하게 부추기고 떠나가는 두 사람의 뒷모습을 멍하니 배웅한다.

그리고 뒤에 남겨진 나오토와 그녀 사이에는 어색하고 거북한 침묵이 흘렀다.

'…나카노. 이 어색한 분위기를 나더러 어떻게 하라는 거야?'

슬프게도 나오토는 지금까지 이런 상황과는 전혀 인연이 없었다.

초등학교 때도 중학교 때도 그랬다. 아버지의 불륜 소동으로 시작된 시노미야 가문의 일련의 스캔들은 그야말로 공공연한 비밀이나 마찬가지였다.

이웃들 사이에서도 평판이 자자한 미모의 남매였던 것이 오히려 문제였을까. 그때까지의 선망은 단숨에 바닥으로 떨어졌고 그 반동처럼 '남의 불행은 나의 행복'이라는 듯 당치도 않은 중상모략이 끊이지 않고 들끓었다. 돌고 돌아 나오토의 귀에 들어온 것들은 그야말로 빙산의 일각이었다.

또한 서툰 동정은 오히려 상처를 들쑤실 뿐이라는 것을 알고 있는지, 표면적으로는 주위 사람들도 약간 조심스러운 태도를 취했다.

당연히 나오토는 첫사랑이네 어쩌네 하는 달콤한 꿈을 꾸고 있을 시간도, 마음의 여유도 없었다.

열악한 가정환경이 느껴지지 않을 정도로 노력하는 나오토에게 연애 감정을 품는 여학생도 나름 있었지만 제반 상황을 생각하고 역시 고백할 엄두는 내지 못한 것이 당시의 상황이었다.

'…어…. 역시, 고백인 걸까? 아니, 하지만 그럴 리가 없잖아? 그나저나 큰일이네. 어떡하지. 나카노가 쓸데없는 얘기를 해서….'

반신반의한 나오토는 당황스러웠지만 그래도 심장 고동이 단숨에 빨라진다.

마침 뒤에서 서클 활동을 마친 듯한 여학생들의 떠들썩한 웃음소리가 들려서 나오토는 움찔 놀랐다.

"어… 저기… 여기에서는 좀 그러니까… 장소를 바꿔도 괜찮을까?"

어쨌든 여기서 이대로 서서 이야기를 나누면 대단히 곤란할 것 같았다.

그러자 그녀는 다른 의견이 없는지 고개를 끄덕였다.

유카리 여고의 교복을 입은 소녀는 자전거를 밀며 걷는 나오토의 뒤에서 약간 거리를 두고 걸어온다.

그건 그것대로 눈에 띌 게 뻔하다. 실제로 두 사람을 추월해 가는 쇼난 고등학교 여학생들이 흥미진진하게 돌아보더니 뭔가 수군수군 속삭인다.

하지만 나오토는 그런 건 전혀 신경 쓰지 않았다.

뿐만 아니라,

'어쩌지. 이럴 때 대체 어떻게 하면 좋을지….'

자신이 그렇게 두서없이 생각하고 있다는 것을 문득 깨닫는다. 아직 고백인지 확실하지도 않은데 섣불리 무슨 생각을 하는 걸까 싶어서,

'바보 같아….'

내심 무거운 한숨을 흘리지 않을 수 없었다.

그렇게 5분 정도 걸어 작고 조용한 공원까지 온 나오토는 자전거를 멈추고 돌아보았다.

하지만 뭐라고 말을 꺼내면 좋을지… 망설이는 나오토를 흘끗 보며 먼저 입을 연 것은 역시 그녀 쪽이었다.

"저는… 마야마 미즈키라고 해요."

그녀는 몹시 긴장했다기보다는 오히려 뭔가 생각에 잠긴 표정으로 자기 이름을 말했다.

"…마야마 씨?"

"네."

끄덕이는 말투에도 어쩐지 무거운 기운이 담겨 있다.

이유는 잘 모르지만 은근한 위화감을 느낀 나오토가 물었다.

"…어…. 그런데… 나한테 무슨 볼일이지?"

미즈키는 입술을 꽉 깨물었다가 눈을 올려 뜨고 나오토를 노려보았다.

"저는 마야마 치사토의 여동생입니다."

"…뭐?"

상황이 이렇게 흘러가자 나오토도 미즈키가 자신에게 고백하러 온 게 아니라는 사실을 알 수 있었다.

하지만 '마야마'라는 이름은 전혀 짐작 가는 바가 없어서, 또 다른 당혹감을 자아냈다.

그런데 미즈키는 한층 강한 말투로 나오토를 힐난했다.

"알고 있으면서 모르는 척하지 마세요. 그런 건… 비겁하다고 생각해요."

'그게 무슨 소리야…. 전혀 영문을 모르겠는데….'

대체 미즈키가 무슨 말을 하려는지 알 수가 없어서 나오토는 점점 더 당황한다.

"전… 언니가 행복해지길 바라요."

그 말에 놀란 나오토는 두 눈을 크게 뜬다.

그리고 갑자기 머릿속 한구석을 스쳐간 것은… 마사키의 얼굴이었다.

'어쩌면….'

어쩌면 마사키의 화려한 여성관계의 불똥이 튄 게 아닐까 싶어서.

그러자 아까까지의 당황이 단숨에 다른 감정으로 바뀐다.

'왜 그런 말을… 나한테 하는 거지?'

그것도 교문 앞에 잠복해 있다가. 그런 생각에 목 안쪽이 까슬까슬 경련하는 듯한 불쾌한 기분이 치밀었다.

마사키가 '어디의 누구'와 '어떤 식으로 사귀든', 그건 마사키의 마음이고 나오토랑은 아무 상관도 없다. 그런데 트러블의 여파가 때때로 나오토에게까지 미칠 때가 있었다.

마사키의 동생이니까.

고작 그런 이유로 알고 싶지도 않은 것을 알게 되는 게 얼마나 고통스러운지.

시야협착증에 걸린 여자들은 제멋대로 소리 높여 주장하고, 당하는 나오토의 입장에서 그게 얼마나 민폐인지는 아무도 생각해 주지 않는다.

뭐, 대개는 마사키와 깨진 뒤 미련이 한가득한 여자 쪽에서 마구 억지를 쓰면서 이러쿵저러쿵 소동을 일으키는 거지만. 아무리 그래도 여동생까지 나오는 패턴은 처음이었다.

솔직히 말하자면 나오토는 당사자의 여동생까지 나서는 게 어이가 없는 정도를 넘어서 정말로 불쾌했다.

마사키의 존재가 나오토의 내면에서 '금기'가 되어 버린 지금. 그걸 유일하게 잊을 수 있는 학교생활 속에 갑자기 기습하듯 쳐들어온 것이 기분 나쁘다.

"우리 집은 부모님이 빨리 돌아가셔서 언니가 계속 제 부모 역할을 해줬으니까… 그래서 언니는 반드시 행복해졌으면 좋겠어요."

그래서 뭐 어쩌라는 거지?

이런 곳에서 가정 사정까지 듣고 나와 봤자 점점 더 불쾌해질 뿐이다. 그걸 왜 모르는 걸까.

그런 이야기는 당사자들끼리 정리하면 되지. 여동생이 옆에

서 끼어들 일이 아니다. 그래서 미즈키가 열렬하게 말하면 말할
수록 나오토의 마음은 점점 더 차가워져 갈 뿐이었다.

"두 사람이 서로 사랑하는 걸 제대로 인정해 줬으면 해요!"

아무도 마사키를 속박할 수 없다는 것을 알고 있기에….

"어머니가 아닌 사람을 어머니로 인정하고 싶지 않다는 당신
들의 마음은 알지만, 언니도 이제 와서 억지로 어머니인 척할
생각은 없을 거예요. 이미 4년이나 따로따로 살고 있으니까. 그
렇다면 이제… 됐잖아요?"

나오토의 생각과는 미묘하게 다른 미즈키의 말에 나오토는
문득… 자신이 착각했음을 깨달았다.

'잠깐만….'

어머니인 척하다니 무슨 소리지?

4년이나 따로 살았다니….

'마 쨩 얘기가… 아닌가?'

그렇다면 누구?

마야마 치사토는 대체… 누구랑 서로 사랑한다는 거지?

그 생각을 하자 나오토의 심장은 점점 더 불길하게 빠른 속도
로 뛰기 시작한다.

"당신들의 아버지… 시노미야 씨를 우리가 맞아들여도 괜찮
잖아요?"

미즈키가 명확한 말투로 그렇게 말했을 때. 나오토는 뺨을 힘
껏 얻어맞은 듯한 기분이 들어서 할 말을 잃었다.

'아… 버… 지?'

그건 마사키가 누군가의 것이 될 가능성이 있다는 것과는 또 다른 의미의, 전혀 예상치도 못했던 충격이었다.

나오토의 얼굴에서 핏기가 싹 가신다.

'왜….'

왜 이제 와서 이런 식으로 자신들을 버린 아버지의 이름을 들어야만 하는 것일까.

그러자 미즈키는 자기가 한 말이 나오토에게 큰 충격을 주리라고 어느 정도 예상하고 있었는지, 여기서 물러나면 일부러 쇼난 고등학교까지 와서 나오토를 기다린 의미가 없다는 양 더욱 강조했다.

"시노미야 씨와 우리는 이제 가족이에요. 계속 함께 살아왔어요."

그리고 자기 자신을 격려하기 위해 눈꼬리를 확 치켜 올리고 다그치듯이 내뱉었다.

"제가 유카리 여고에 붙은 것도 시노미야 씨 덕분이고 굉장히 고맙게 생각해요. 그런데 그런 시노미야 씨와 언니가 아직도 결혼할 수 없다니, 그럼 문제가 있잖아요? 언니는 억지로 호적에 넣지 않고 지금 이대로 있어도 충분히 행복하다고 하지만… 그런 건 거짓말이에요. 좋아하는 사람과 제대로 결혼해서 아이를 낳을 수 없는 건… 그런 건 진정한 행복이 아니니까."

나오토는… 머리가 지끈지끈 아프기 시작했다.

'마야마 치사토.'

방금 처음 들은 그 이름은 얼마나 증오스러운가.

상냥한 어머니가 있고 믿음직스러운 아버지가 있다.

자랑스러운 형이 있고 드세지만 예쁜 누나가 있고.

응석받이지만 미워할 수 없는 동생도 있다.

그런 흔해 빠진 나날의 행복이 오늘도, 내일도, 모레도… 변함없이 계속 이어져 갈 것이라고 생각했다. 그날 아버지가 모두 내던지고 애인에게로 가기 전까지는.

우리 집의 행복을 빼앗아 간 여자.

가족의 유대감을 비롯한 모든 것을 엉망진창으로 찢어발긴 원흉인 아버지의 애인.

그 여자의 이름이 '마야마 치사토'라는 것을 나오토는 처음 알았다.

아버지가 집에서 나간 그날부터, 가족들 사이에서 아버지의 이름은 금지된 말이 되었다.

얼굴도 이름도 모르는 그 애인보다, 마치 쓰레기를 버리듯 손쉽게 자신들을 버린 아버지에 대한 증오와 분노로 눈앞이 아찔했다.

용서할 수 없다.

용서하지 않을 것이다.

그래서 그저 미워할 수밖에 없었다. 그 시절에는….

하지만 그 증오도 하루하루 바쁘게 살아가는 가운데 잊혀져, 과거의 추억과 함께 어느 틈엔가 엷어져 갔다.

그랬다고, 나오토는 계속 생각했다.

하지만 그 무렵에는 그저 흐릿한 윤곽밖에 없던 그 애인의 존재가 생각지도 못한 형태로 눈앞에 폭로되었다. 더군다나 '마야마 치사토'라는 확실한 이름을 가지게 됨으로써, 묻혀 있었던 증오에 새로운 불씨가 붙어 몸 안쪽에서 부글부글 끓어오르는 분노를 느꼈다.

'마야마… 치사토.'

이를 악물고 그 이름을 중얼거린 나오토는 양 손가락이 하얘질 정도로 꽉 주먹을 움켜쥔다.

"언니가 시노미야 씨와 결혼할 수 없는 건 당신들이 아버지의 결혼을 반대하기 때문이잖아요?"

그건 대체… 무슨 농담일까.

너무 우스꽝스러워서 웃기지도 않는다. 뿐만 아니라, 치밀어 오르는 불쾌감과 영문 모를 공포에 현기증이 날 것 같았다.

"하지만 이제 괜찮잖아요? 언니는 4년이나 기다렸으니까. 행복해질 권리가 있어요."

'행복해질 권리?'

어떻게 감히, 그런 말을 하는지.

자신들의 가족을 나락 밑바닥으로 떨어트린 장본인에게 그런 권리는 없다.

그렇게 생각한 나오토는 자신을 눈앞에 두고 멋대로 폭언을 내뱉는 미즈키까지 미워서… 견딜 수가 없었다.

너무나도.

너무나도 미워서.

지끈지끈 아파오는 통증과 당장이라도 폭주해 버릴 듯한 분노를 내뱉지 않으면, 도저히 진정이 되지 않을 성 싶었다.

"행복해질 권리라는 게 무슨 소리야? 자기가 행복해지기 위해서 남의 행복을 부숴도 된다는 거야? 사랑하면 뭘 해도 용서받는다고? 웃기지 마."

그러나 나오토의 입에서 나온 건 스스로도 생각지 못했을 정도로 차가운 돌팔매 같은 말이었다. 인간은 소용돌이치는 분노가 얼어붙어 버리면, 화내고 소리칠 수도 없게 되는지 모른다.

그러자 미즈키가 두 눈을 크게 뜨고 내뱉었다.

"웃기는 건 당신들이야! 시노미야 씨가 자기들보다 언니를 선택한 걸 용서할 수 없는 것뿐이잖아요? 그래서 두 사람의 결혼을 방해하고 있는 거잖아. 유치원에 다니는 애도 아니고, 나이도 먹을 만큼 먹었으면서 자기 아버지가 행복하기를 빌어 줄 줄도 모른다니, 최악이야!"

'아버지가 자기들이 아니라 다른 여자를 선택한 것을 용서할 수 없다.'

그 말이 품은 본뜻에는 결정적인 차이가 있지만, 미즈키의 말은 그야말로 정곡을 찌르고 있었다.

'가족을 버리고, 불륜 상대를 선택한 아버지를 용서할 수 없다.'

그 사실이 나오토의 마음을 더 후벼 팠다.

그리고 바로 미즈키에 대한 분노로 바뀌었다.

"당신… 무슨 착각을 하는 거야? 최악이고 비인간적인 건 갑자기 남의 집에 쳐들어와서 엉망진창으로 휘저어 버린 당신 언니잖아?"

나오토의 시선은 조금도 흔들리지 않고 미즈키를 찌른다.

"그런 저질스런 여자와 불륜에 빠져 가족을 버린 녀석 따위, 이미 아버지가 아냐."

"무슨…!"

말을 삼킨 미즈키의 표정이 확 바뀌었다.

"거짓말!"

"뭐가? 당신 언니가 우리 아버지와 불륜을 했다는 거? 아니면 자식이 넷이나 있는 아버지가 나잇값도 못하고 젊은 여자에 미쳐서 우리 가족을 쓰레기처럼 버린 거?"

"언니… 가… 언니가, 불륜… 이라니, 그런 건 거짓말이야. 이상한 소릴 하면 용서하지 않을 거야!"

미즈키는 부들부들 입술을 떨며 나오토를 노려본다.

하지만 그 눈은 갑자기 들이닥친 진실의 무게에 전율하며, 반신반의하면서 필사적으로 버티고 있는 것 같기도 했다.

"그럼 그 녀석에게 물어보지그래? 뭐, 어차피 자기한테 안 좋은 이야기는 아무것도 안 하겠지만. 실제로 당신은 완전히 속고 있었던 모양이고."

아무 의심도 없이 언니를 믿고 있었을 미즈키의 눈앞에서, 마야마 치사토의 거짓말로 만든 가면을 벗겨 내는 것은 얼어붙은 분노를 능가하는 일그러진 쾌감이 있었다.

"그 녀석과 함께 산 지 4년이라고? 아니잖아? 그 녀석이 집을 나간 건 내가 초등학교 6학년 때인데? 그 전부터 계속 불륜 상태였으니까 벌써 6, 7년쯤은 되지 않았을까? 아, 그렇군…. 절대로 이혼하지 않으려 노력하던 우리 어머니가 죽었으니까, 그 인간들 속이 시원해져서 당신이랑 함께 살기 시작한 거겠지. 그런데… 뭐라고? 우리가 그 인간들의 결혼을 반대하며 4년간이나 억지를 부리고 있다고? 당신 바보 아냐? 어머니가 죽었는데도 아버지는 미성년인 자식들을 버리고 다른 여자랑 살고 있다고. 보통 그런 비상식적인 짓을 하고도 태연한 부모가 어디 있어? 유치원 다니는 애도 아니고, 잘 생각해 보면 이상하다는 것쯤은 알 텐데?"

자신들이 불행의 구렁텅이에서 발버둥 치며 괴로워할 때, 아무것도 모르고 가족놀이를 즐겨 왔을 이 행복해 보이는 소녀에게 상처를 주고.

괴롭히고….

실컷 울려 보고 싶었다.

"마야마 미즈키 씨. 당신 말이야. 어느 날 갑자기 아버지가 딴 여자와 불륜에 빠져서 집을 나가면 가족들 기분이 어떤지… 알아? 알 리가 없지. 우리가 불행의 구렁텅이를 기어 다닐 때 당신은 그 녀석들과 사이좋게 가족 놀이나 했을 테니까."

나오토는 인정사정없이 빈정거린다.

이런 건 그저 화풀이에 지나지 않는다는 것을 이성으로는 알고 있는데, 뒤틀려 부글부글 끓어오르는 악감정 때문에 자제가 되지 않았다.

"유카리 여학교는 귀한 집 아가씨들만 다니는 사립 여학교지? 굉장하네. 우리가 학교 급식비나 수업료를 몇 개월이나 밀리면서 비참한 생활을 할 때, 당신은 맛있는 거 먹고 좋은 옷 입고 집에서도 학교에서도 아무 불편함 없이 즐겁게 살았다는 거로군."

매달 당연하게 오는 미납통지 봉투.

돈이 없다는 것이 부끄러웠다.

모두가 새 교복을 입고 중학교 입학식을 맞이했지만, 나오토는 교복도 가방도 근처 졸업생에게 물려받은 것이었다. 머리카락이 자라도 한데 묶어 버리면 되는 사야카와 달리 나오토의 머리카락은 늘 마사키가 잘라 주었고, 그게 산발이 되어도 단 한마디도 불평하지 않았다.

하지만.

뒤에서 모두가 그런 비참한 생활을 비웃는 듯한 기분이 들어서…. 받은 미납통지 봉투를 움켜쥔 손이 부들부들 떨렸다.

어머니는 몸이 아파서 전혀 의지할 수가 없다. 그 대신 마사키가 아르바이트를 여러 개 하면서 노력하는 걸 알지만 가난이 괴로웠다.

집에 돈이 없음을 알기에 사야카도 나오토도 수학여행은 가지 않아도 좋다고 포기하고 있었다. 그러다가 마사키가 어떻게 그 비용을 마련해 줘서 갈 수 있게 되었을 때에는 정말로 기뻐서 눈물이 나왔다.

아마 미즈키는 그런 쓸쓸하고 괴로운 마음을 느낀 적도, 돈

걱정을 한 적도 없을 것이다. 그뿐만 아니라,

"그 녀석 우리가 정말 싫었나 보군. 자기 자식에게는 1엔도 주지 않으면서 불륜 상대의 여동생에게는 있는 대로 갖다 바쳤다니… 몰랐어."

현실을 알게 되자 씁쓸한 맛이 입 안에 퍼졌다.

"뭐, 이젠 아무래도 좋아. 하지만 남의 행복한 집을 파괴해 놓고 자기들만 행복해지려고 하다니…. 그런 건 너무 뻔뻔하잖아? 게다가 이제야 그 시절의 아픔이 희미해졌는데 이런 식으로 애꿎은 화풀이를 하다니, 아무리 나라도 머리가 돌아 버릴 것 같다구. 당신 대체 뭐가 그렇게 잘났어?"

부부는 헤어져 버리면 남으로 돌아갈 뿐이지만 부모와 자식 관계는 다르다.

피로 맺어진 인연은 끊으려야 끊을 수 없다.

그것조차 아버지는 지겨웠던 걸까.

자기 자식보다도 전혀 피가 이어지지 않은 생판 남의 여동생이 더 귀엽다니.

그 사실이 싫든 좋든 눈앞에 폭로되자, 나오토는 대체 왜 아버지가 그렇게까지 자신들을 미워하는지 알 수가 없어서…. 새삼스럽게 치미는 분노보다도 훨씬 더 깊은 곳에서 욱신욱신대는 아픔을 느꼈다.

아무 의심도 없이 행복하다고 믿고 있던 그 시절의 모든 것이 전부 거짓말과 기만으로 가득했다고 생각하면, 굉장히 슬펐다.

"당신… 아까 말했지. 함께 살고 있는데 아직 호적에도 넣지 못했다고. 우린 당신들이 결혼하든 안 하든 전혀 흥미도 관심도 없지만. 아직 호적에 넣지 않았다는 건 혹시… 당신 언니가 그 녀석과 결혼해서 진짜 가족이 되기를 무서워하는 거 아냐?"

그건 독설이라기보다는 오히려 소박한 의문에 가까웠다.

애초에 그 의문을 던짐으로써 미즈키가 그걸 어떻게 받아들이고 왜곡하든, 나오토는 어떤 흥미나 양심의 가책도 느끼지 않았지만.

아니, 치유될 수 없는 상처를 한껏 헤집은 대가로, 차라리 불협화음이 단숨에 폭발해 버렸으면 좋겠다고 생각했다.

"당신 언니, 자기가 엉망으로 만든 우리 가족이 얼마나 비참했는지 그 눈으로 보았을 테니까. 그 녀석이 자기 가족에게 엄청나게 차가운 냉혈한이라는 것도 뼈저리게 알지 않을까? 당신은 지금 '굉장히 행복'한 듯 보이지만, 그건 당신들이 피가 이어지지 않은… 무엇에도 얽매이지 않은 생판 남이기 때문이야. 남이라면 책임이건 의무건 전혀 지지 않아도 되니까. 하지만 진짜 가족이 되어 버리면 그런 무책임한 소린 할 수 없게 되잖아? 당신 언니, 그 녀석과 결혼해서 아이를 낳으면 언젠가 자기가 한 일이 그대로 자기에게 돌아올 것 같아서 두려운 거 아냐? 이런 걸 인과응보라고 하던가?"

그래서 나오토는 담담히 독설을 계속했다.

"우리 어머니는 그 녀석들 때문에 몸도 마음도 망가져서 죽어 버렸어. 그래서 제일 큰형은 우리 남매를 양육하려고 자기 꿈도 몽땅 버려야만 했어. 그렇게 노력했지만 결국 누나는 외가로 가버렸고. 막냇동생은 아버지에게 버림받은 충격으로 아직도 등교 거부에 히키코모리야."

나오토는 저도 모르게 폭로한 가족의 사정을 들은 미즈키가 움찔하고 말을 삼키며 굉장히 상처받은 표정을 짓는 것을 용서할 수 없었다.

'왜 당신이 그런 표정을 짓는데? 당신한테 남의 일 같은 얼굴로 우리를 동정할 자격이 있어?'

미즈키가 지금 향유하는 '행복'은 자신들의 불행 위에 쌓아올린 사상누각에 지나지 않는다는 사실을 뼈저리게 깨달아야 한다고 생각했다.

"그 녀석들은 비웃을지도 모르지만, 나는 인생이란 마지막에는 나름대로 결산이 맞게 되어 있는 게 아닐까 싶어."

정말로 그렇다면 좋을 텐데… 라고 생각한다.

"남을 불행하게 만들고 쟁취한 행복 같은 건, 거짓투성이 속임수에 불과하잖아?"

그렇지 않으면 자신이, 자신들의 가족이 너무나도 비참해서 견딜 수 없었다.

"그렇다면 언젠가 큰 벌이 내려도 불평할 수 없겠지. 뭐, 내키는 대로 행복한 가족 놀이나 해두지그래? 하지만 잊지 마, 마야마 미즈키 씨. 당신의 행복한 4년은 우리 형제를 짓밟고 만들어진 끔찍한 4년이라는 걸… 잊지 마."

시간은 원래대로 돌아가지 않는다.

다시 되돌릴 수 없는 아픔이라면 그 만분의 일이라도 좋다.

미즈키에게 자신들이 몸부림쳤던 고통을 알려주고 싶었다.

"당신은 이제 아무것도 모르는 생판 남이 아냐. 우리 가족을 엉망진창으로 만든 가해자 중 한 명이란 걸… 잊지 말라구!"

그렇게 내뱉고 자전거에 올라탄 나오토는 창백해진 미즈키를 한 번도 돌아보지 않고 그 자리를 떠났다.

미즈키는 그저 멍하니 그 자리에 서 있었다.

그리고 잠시 후 미즈키에게로 천천히 한 대의 오토바이가 다가왔다. 공원은 오토바이 출입이 금지되어 있지만 전혀 개의치 않는 모양이었다.

머리카락을 금발로 물들인 소년은 요란한 겉모습과는 달리 상당히 다정한 말투로 미즈키에게 말을 걸었다.

"여어, 미즈키. 얘기 끝났어?"

그러자 그때까지 필사적으로 버티고 있던 마음이 단번에 무너져 버렸는지.

"슌… 쨩…."

미즈키는 한마디 흘리더니, 아랫입술을 꽉 깨물고 마치 둑이 터진 것처럼 줄줄 눈물을 흘렸다.

그러자 소년이 매섭게 올라간 눈꼬리를 더 치켜 올렸다.

"그 자식이… 뭔가 쓸데없는 소리라도 지껄였어?"

미즈키는 말없이 고개를 가로젓고 그저 소리 없이 흐느낀다.

'아니, 야…. 그게… 아니야.'

가슴이 메어 말을 할 수 없는 답답함.

아픔은 미즈키의 심장까지 깊이 파고든다.

나쁜 것은 그… 가 아니다.

갑자기 기습하듯 그의 앞에 나타나서 무신경하게 가혹하고 이기적인 말을 던지고, 그의 치유되지 않는 상처를 헤집은 것은 자신이다.

아니.

그와 말을 나누기 전까지 미즈키는 그런 '상처'가 있다는 것 조차 몰랐다.

아무것도 몰랐던 자신.

지금의 행복에 눈이 멀어 아무것도 알려고 하지 않았던 자신.

그런데… 갑자기 눈앞에 드러난 진실의 무게에… 몸도 마음 도 굳은 미즈키는 사과조차 하지 못했다.

그런 꼴사나운 자신….

부끄러운 줄도 모르는 자신에게 그저 화가 난다.

어리석은 자기 행동이 후회되어 견딜 수가 없다.

차갑고 조용한 말투. 하지만 그렇기에 그의 격렬한 분노가 온 몸에서 오라처럼 흔들리는 것 같았다.

그 눈빛에 꿰뚫릴 듯해서 무서웠다.

그의 말 하나하나는 마치 얼음 칼날 같았다. 깊이 찔린 마음이… 욱신욱신 아팠다.

"무슨 일이 있었어? 말해. 그 자식이 너를 그렇게 울린 거지? 미즈키, 말해. 그러면 내가 갚아 줄 테니까."

아니야.

'그게… 아니야!'

미즈키는 그저 언니 치사토가 행복해지기를 바란 것뿐이다.

일찍 부모를 잃고, 그 후로 계속 자신의 부모 역할을 해준 치사토는 올해 서른 살이 된다.

그래서 좋아하는 사람과 결혼하여 빨리 귀여운 아기를 낳았으면 했다. 그러면 이번에는 자신이 그 아이를 한껏 귀여워해 줄 거라고. 그렇게 결심했다.

가족이 늘어나는 행복.

그 기쁨을 가르쳐 준 것은 다른 누구도 아니다. 현재 함께 살고 있는 그의 아버지, 시노미야 케이스케였다.

그런데….

'왜?'

대체 어디서부터 잘못된 것일까.

'뭐가… 누구의 말이 진실이지?'

그렇게 생각하면 어떻게 해야 할지 알 수가 없다. 계속해서, 계속해서… 눈물이 치밀고 가슴이 아파 왔다.

자신들의 '행복'이 누군가를 짓밟아 가면서 얻은 더러운 것이었다니, 그런 건 믿고 싶지 않다.

하지만.

만약 그의 말이 전부 사실이라면….

누군가가 '거짓말'이라고 말해 주었으면 했다.

그렇지만 그의 시선이, 말이… 눈 안쪽에, 귓가에 달라붙어 사라지지 않는다.

하물며 언니에게 진위를 캐묻기는 더 무섭다.

그런 짓을 하면 지금의 자신을 둘러싼 모든 게… 형체도 없이 터져 사라질까 봐.

그러면 자신은 어떻게 될까….

이런 상황에서도 그의 아픔을 생각하며 반성하기에 앞서, 자기 일만 한탄하는 뻔뻔스러운 제 모습을 문득 깨달은 미즈키는 자신의 추한 마음이 모두 드러난 듯하여… 할 말을 잃었다.

그날 밤.

나오토는 침대에 들어가고도 좀처럼 잠들지 못했다.

잔뜩 흥분해 격정에 휩쓸려 미즈키에게 상처를 준 것이 씁쓸해서, 이제 와 마음이 욱신욱신 아팠다.

후회하느니 처음부터 그런 말을 하지 않았으면 좋았을 걸….
그런 자학적인 마음에 몇 번이고 뒤척인다.

'이걸…. 역시 마 쨩에게 말하는 게 좋을까?'

'하지만… 뭐라고 말하면 좋지?'

마사키를 앞에 두고 어떻게 말을 꺼내면 좋을지… 나오토는 모른다.

이제 두 번 다시 만나지도 않을 것이다. 그렇다면 마사키에게 말해 불쾌하게 만들 필요는 없을지도 모른다.

그렇게 생각한 나오토는 모포를 머리부터 덮어썼다.

삼자 견제

오후 7시 반.

평소처럼 침대에 누워 책을 읽고 있을 때 잠긴 방문을 노크하는 소리가 들렸다.

"유우타. 저녁밥 다 됐어."

이어서… 나오토의 목소리.

유우타는 문을 노려보며 대답도 하지 않는다.

늘 그래왔으니 포기했는지, 잠시 후 말없이 나오토의 발소리가 멀어져 간다. 그리고 평소처럼 나오토의 방문이 작게 탁 소리를 내며 닫혔다.

이제부터 잘 때까지 나오토는 자기 방에 틀어박혀 공부를 할 것이다.

'저렇게 공부만 하는 게 뭐가 재밌지?'

유우타는 신기해서 견딜 수가 없다.

방과 후 서클 활동을 하는 것도 아니고. 매일 등하교에 1시간이나 걸려 집과 학교를 왕복하기만 하는, 판에 박힌 고등학교 생활이 뭐가 재미있을까.

게다가 유우타가 아는 한 고등학교에 들어간 뒤 나오토는 한 번도 학교를 쉰 적이 없다.

그야말로 폭우가 내리든, 폭설이 내리든 마찬가지다.

아무리 기를 쓰고 노력해 봤자 대학에 보내줄지 어떨지도 모르는데.

뭐, 어차피 나오토는 모처럼 고등학교에 보내주었으니 좋은 성적을 내지 않으면 마사키에게 미안하다는 식으로 생각하고 있을 게 뻔하다.

유우타는 그런 게 융통성 없는 멍청이처럼 여겨지기도 해서, '여전히 착한 척이나 하고…'라 생각했다.

게다가.

생각만 해도 부아가 치밀지만.

마사키처럼 엄청나게 잘생겼다면, 딱히 학력이 없어도 먹고 사는 데 지장은 없을 것이다. 하지만 나오토처럼 공부밖에 잘하는 게 없는 수수한 녀석은 어차피 앞이 빤히 보인다. 그러면 자기가 좋아하는 걸 마음껏 하는 편이 좋을 텐데….

'바보 아냐?'

그렇게 입을 삐죽거리고 문득… 가볍게 혀를 찬다.

생활 능력이 전혀 없는 평범한 어린애—게다가 히키코모리 경력 4년째인 자신이 할 말은 아니란 사실을 깨달았기 때문이다.

애초에 유우타가 스스로 그걸 느끼게 된 지는 얼마 지나지 않았지만.

'빨리 밥이나 먹어 버리자….'

나오토가 모처럼 실력을 발휘해 만든 저녁밥이라서가 아니다.

솔직히 유우타는 뭔가를 먹는 일에 별로 집착이 없다.

가정이 붕괴한 뒤로 뭘 먹어도 '맛있다'는 생각이 들지 않는다. 그래서 자연스럽게 뭔가를 먹고 싶은 생각이 없어졌다.

어쩌면 끓어오르는 분노 때문에 뇌의 어딘가가 타버린 끝에, 결국 미각신경까지 상해 버렸는지도 모른다.

그 때문에 전에 한 번 영양실조로 쓰러져 병원에 실려 간 적이 있었다. 그게 문제였다.

유우타는 별로 식사를 거름으로써 서서히 죽어가고 싶었던 것도 아니고, 누가 고의로 밥을 주지 않고 학대한 것도 아니지만, 주위 어른들이 멋대로 착각하고 소란을 피워 죄 없는 마사키와 나오토가 심하게 혼난 모양이다.

그 지경이 되자 진심으로 화가 난 듯한 마사키에게 최후통첩을 받았다.

"또 밥을 먹지 않다가 병원에 실려 가게 되면, 유우타 너는 이제 이 집에는 돌아오지 않아도 돼. 친가나 외갓집에 가."

그래서 일단 밥은 먹기로 했다.

"토라져서 쓸데없이 시간을 허비할 생각이라면, 어디에서 그렇게 하든 마찬가지잖아."

마사키가 냉정히 내뱉었지만 사실은 그렇지 않다.

유우타는 이 집에서 태어났다. 그래서 이 집에는 애착도 많이 있고 나름대로 집착도 하고 있다.

하물며 아버지가 마치 쓰레기를 버리듯 간단히 이 집에 자신들을 버리고 갔다고 생각하면, 억지로라도 이 집에 매달려 있고 싶었다.

그렇다고 나오토와 얼굴을 맞대고 밥을 먹을 생각은 조금도 없었다.

마사키와 나오토가 섹스를 하고 있다 생각하면 생생하고 소름끼치는 느낌이 머릿속을 떠나지 않았다. 나오토의 얼굴을 보면 화가 나서 틀림없이 때리고 싶어질 것이다.

그리고 덤으로 말해서는 안 될 것까지 말해 버릴까 봐…. 어쩌면 유우타는 그게 제일 두려운지도 모른다.

자신만이 아무것도 몰랐다는 소외감.

마사키뿐이라면 몰라도, 하필이면 나오토에게까지 배신당했다는 것에 대한 참을 수 없는 분노.

마사키에게도, 나오토에게도 물어보고 싶은 게 잔뜩 쌓여 있었다.

하지만 서툰 변명은 듣고 싶지 않다. 그야말로 귀가 썩는다.

초등학교 4학년이던 여름. 바로 어제까지는 변하지 않을 거라고 생각했던 세계가 발밑에서부터 단숨에 뒤집혔다.

무엇을, 누구를 믿으면 좋을지 알 수가 없었다.

주위 사람들이 모두 적으로 보였다.

몸 안쪽에서 무언가가 치밀고 숨쉬기가 어려워서 침대에 누워도 잠들 수가 없었다.

그러다가 모든 것에 화가 나고.

머릿속에서 영문 모를 아픔이 점점 치받아 오르고.

결국은 토해 버릴 것 같았다.

그리고 깨달았다. 자신들에게는 선택할 권리가 전혀 없다는 사실을.

　그래서 누구에게나 화풀이하고 난폭하게 굴 수밖에 없었다.

　아버지가 이 집에서 나간 뒤, 모두 엉망진창이 되어 버렸다.

아버지가 나빠.

다 그 자식 때문이야!

　그렇게 아버지를 증오하고 저주하는 것만을 익혔다.

　적어도 그렇게 누군가를 미워하는 동안에는 아마도 죽고 싶다고 생각하지는 않을 수 있을 것이다.

　그리고 유우타는 죽어 버린 어머니를 생각한다.

　어머니는 아버지와 그 애인을 미워하다가 지쳐서 죽어 버린 것일까… 라고.

　그래서 사야카가 마사키와의 문란한 관계를 알아 버렸을 때, 어머니의 속에서 무언가가 뚝 끊어진 것일까… 라고.

　그렇다면 만약 그 증오스러운 상대가 죽어 버렸다면?

　그 증오의 소용돌이는 대체 어떻게 되는 것일까?

　자연스럽게 소멸해 버리는 걸까?

　아니면 마음속에서 곪다가 이윽고 썩어 버리는 걸까.

　사야카는 대체 그중 어느 쪽일까.

　마사키와 어머니의 육체관계를 안 다음, 어떻게 자신의 마음을 매듭지은 걸까….

　사야카는 두 사람의 문란한…, 끔찍한 관계를 알고 시노미야 일가의 집을 버렸지만 나오토는 남았다.

그리고 어머니가 죽어 버린 지금, 나오토는 마사키의 여자다.

마사키가 그걸 매만지면 좋아서 소리를 지르고, 마사키의 것을 엉덩이 사이에 집어넣으면 우는 암컷이다.

사야카만큼 노골적이진 않지만 마사키에 대한 나오토의 브라더 콤플렉스도 엄청났다. 그래서 여자 대용으로 취급당해도 괜찮은 걸까?

아니.

어쩌면….

마사키의 여자로 지내는 게 좋은 걸까?

'그런가?'

쉰 목소리로 절박하게 마사키를 부르는 나오토가 지긋지긋하다.

행위 도중 마사키의 소리는 전혀 들리지 않는데, 상기된 교성을 지르며 마사키의 애칭을 부르는 나오토의 목소리만이 귓가를 떠나지 않는다.

애초에 밖에서 지긋지긋할 정도로 인기가 많을 마사키가 하필이면 왜 나오토에게 박아 넣고 싶어 하는지 유우타는 전혀 이해할 수 없다.

아니, 알고 싶지도 않다.

아는 것은 어머니와 섹스를 하고 짐승이 된 마사키가 다음 사냥감으로 나오토를 선택했다는, 욕지기가 치미는 사실뿐.

그리하여 유우타는 문득 생각한다.

만약 사야카가 이 집에서 나가지 않았다면 마사키는 나오토가 아니라 사야카를 선택했을까….

'그쪽이 백만 배는 나아.'

문득 그렇게 생각한 유우타는 오싹해진다.

'낫다니… 뭐가?'

피가 이어진 남매끼리 섹스하다니, 그런 건 절대로 용서받을 수 있는 행위가 아니다. 그런데….

문득 뇌리를 스쳐간 무언가.

그것이, 무엇인지… 기억나지 않아서. 아니, 생각해 내고 싶지 않아서, 유우타는 으득 하고 이를 악물고 방에서 나갔다.

새벽 1시가 되기 조금 전.

마사키가 일을 끝마치고 돌아왔을 때 당연히 집 안의 불빛은 모두 꺼져 있었다.

전에는 그런 무겁고 캄캄한 어둠이 갑갑하고.

짜증스럽고.

욕지기가 날 정도로 싫어서….

밤이 하얗게 밝아올 때까지 여기저기 돌아다녔다.

하지만 지금은 다르다.

오히려 일이 끝나면 1분 1초라도 빨리 집으로 돌아가고 싶어
서 마음이 초조해진다.

함께 놀러 다니던 동료는 "요즘 잘 어울리질 않네"라고 투덜
거렸지만. 마사키 자신도 사람이 변하려고 하면 변하는 법이란
생각에 쓴웃음을 지었다.

어떤 망설임도 없이 검도에만 몰두했던 나날. 친구들과 스스
럼없이 웃고 아침 연습도 밤 연습도 고생스럽지 않았던 고등학
교 시절은 아득히 멀다.

그래도 마음의 버팀목이 있으면 차디찬 어둠 속에서도 체감
온도가 크게 다르다는 사실을 알았다.

어머니와 육체관계를 가질 때는 그런 건 전혀 느끼지 못했다.

애초에 그 시절은….

하루하루 생활이 너무 바빠서, 그런 생각을 할 시간도 여유도
없었던 것뿐일지도 모르지만.

마사키는 발소리를 죽여 계단을 올라간다.

그리고 나오토의 방 앞에서 걸음을 멈추고 익숙한 손놀림으
로 살짝 문고리를 돌렸다.

방 안은 작은 불빛조차 없이 어두웠지만 마사키는 별로 고생
하지도 않았다.

그대로 천천히 침대로 다가가, 침대 머리맡의 불을 켠다.

나오토는 숨소리도 내지 않고 푹 잠들어 있었다.

그런 나오토의 앞머리를 손가락에 감아 몇 번이고 쓸어 올리
며 이마에 가볍게 키스한다. 그래도 나오토는 꿈쩍하지 않았다.

나오토는 아무리 늦게 자도 아침 5시에는 눈을 뜬다.

고등학생이 된 뒤로는 아침 과외 수업이 필수이고, 편도 40분이 걸리는 자전거 통학을 하느라 생활 리듬이 철저하게 가다듬어져서인지, 나오토는 매우 쉽게 깊이 잠든다.

마사키가 기억하는 한 나오토는 낮에는 매우 말을 잘 듣고 손이 많이 가지 않았지만, 밤에는 잠들 때까지 계속 칭얼거리는 아이였다.

혼자 자는 게 쓸쓸한지 매일 밤 베개를 들고 마사키의 침대로 파고들어서, 사야카가 '치사해!'라고 투덜거린 것도 지금은 쓴웃음이 나는 작은 추억이 되어 버렸다.

최근 몇 년 동안 가정환경이 격변하여 나오토의 체질도 나름대로 변한 것이리라.

중학생이 되어 집안일을 전담하면서, 뭐든 척척 요령 좋게 해야만 한다는 마음이 공연히 더 강해져서인지 수면 시간이 줄어들었다. 그런 만큼 한번 잠들면 좀처럼 깨어나지 않게 되었다.

그걸 알기에 마사키도 이렇게 자기 마음대로 할 수 있는 것이지만.

마사키가 나오토에 대한 자신의 열정을 깨닫고 이성과 욕망의 틈새에서 '충동'과 '자제'의 갈등을 반복하던 시절. 마사키는 때때로 한밤중에 나오토의 방으로 몰래 숨어들어가 침대 한쪽에 서서 잠든 나오토의 천진한 얼굴을 뚫어져라 노려본 적이 있었다.

그건….

폭주하는 삿된 마음을 모두 분출하고 싶은 충동이었을까.

아니면.

그런 자신을 경계하기 위한 고행이었을까.

그때의 심경이 대체 어느 쪽이었는지 마사키는 지금도 잘 모른다.

하지만 최후의 자제심이 생각지도 못한 최악의 형태로 날아가 버린 지금. 그건 굉장히 먼 과거의 일처럼 여겨지기도 했다.

제정신이든, 아니든.

한때의 방황이든, 그저 과오에 불과하든.

혹은… 도저히 참을 수 없는 절박한 욕망이든.

일어나 버린 일을 없었던 일로 만들 수는 없다.

그런 단순명쾌한 현실을 받아들이기까지, 뼈저린 회한이나 달아오른 납을 삼키는 듯한 고통이 있었지만 그것들을 모두 뿌리칠 정도로 마사키는 나오토를 원했다.

단 하나의 바람이 이루어진다면 무엇을 버리게 되더라도 좋다고 생각했다.

나오토를 놓고 싶지 않다는 단 하나의, 무엇과 바꿀 수 없는 희구希求.

그리고 지금 마사키는 그것을 손에 넣었다.

설령 사람의 길을 벗어난 잘못된 수단이라 해도.

누가 원망한다 해도.

혹은 누구를… 울리게 된다 해도.

마사키는 두 번 다시 그것을 놓을 생각이 없었다.

그때 나오토는 기묘한 숨 막힘과 미열이 서서히 쌓여 달아오르는 감각을 느끼고 어렴풋이 깨어났다.

머릿속은 반쯤 몽롱하고, 시야는 은빛 모래가 드리워진 것처럼 눈부시다. 그런 위화감에 느릿하게 얼굴에 손을 뻗으려고 했지만 느닷없이 가로막힌다.

"응… 아?"

무슨 일이 일어났는지 모르는 채 작게 신음했다.

그러자 귓가에서.

"나오…."

이름을 부르는 목소리를 듣고는 화들짝 놀라 단숨에 머릿속이 깨끗해졌다.

그리고 켠 기억이 없는 침대 머리맡의 불빛 속에 나타난 얼굴을 보고,

"…마… 짱?"

저도 모르게 두 눈을 크게 뜨고 중얼거린다.

'마사키 형'이 아니라 '마 짱'이라고 부른 것은, 한밤중의 침

입자에 대해 순수하게 경악했다는 증거였다.

"뭐… 야?"

쉰 목소리로 묻는 나오토에게 마사키는 평소처럼 냉정한 얼굴로 되물었다.

"내일은? 쉬어?"

"…내… 일?"

내일은 두 번째 토요일이다.

현 내 최고의 입시 학교인 쇼난 고등학교는 평일 과외 수업 외에 토요일이나 휴일에도 4시간 자습을 실시한다.

겉으로는 어디까지나 '자습'이지만 실질적으로는 연간 커리큘럼에 들어가 있어서 거의 정규 과외 수업과 마찬가지다.

세상 사람들에게는 '여유로운 날'이지만 쇼난 고등학교에서는 보통 등교일과 아무 차이가 없다. 그런 가운데, 두 번째 토요일만은 귀중한 휴일이라 할 수 있었다.

"내일은 두 번째 토요일… 이니까… 쉬… 지만…."

그런데 왜? 라고 물으려고 하자,

"그럼 괜찮지?"

반대로 마사키 쪽에서 확인한다.

"어…?"

"나는 일요일부터 발리에 가. 일주일간."

말하면서 마사키는 냉큼 옷을 벗는다.

"만약 내일도 학교에 가면 나오가 자는 얼굴만 봐두려고 했지만… 쉰다면 상관없지? 그것도 좀처럼 없는 연휴니까."

마사키가 입꼬리를 올리고 어렴풋이 웃는다. 그 의미를 깨달은 나오토는 움찔하고 숨을 삼켰다.

그리고 어색하게 몸을 일으키려다가 잠옷 단추가 모두 풀려 있다는 사실을 알고 당황해서 앞섶을 맞잡았다.

'…왜….'

혹시 깨어나기 전의 그 묘한 나른함은… 그런 생각을 하자 저도 모르게 얼굴이 빨개지고 무릎을 맞비비게 된다.

그러자 마지막 옷도 다 벗어 버린 마사키는 멋진 나체를 아낌없이 드러내며 침대로 올라왔다.

"일주일분이니까. 마지막까지 잘 따라와 줄 거지?"

나오토의 잠옷에 손을 댄 마사키가 그 목덜미에 키스를 한 번 남긴다.

마지막까지, 일주일분….

그 말을 들은 나오토의 얼굴이 무심코 굳었다.

요즘 마사키는 자신을 안을 때 시간과 장소를 가리지 않았지만, 그래도 학업에 지장이 가지 않도록 마사키가 어느 정도 성욕을 자제해 주고 있다는 사실은 나오토도 알고 있었다.

그걸 채우기라도 하겠다는 걸까. 때때로 마사키는 나사가 풀린 것처럼 농후한 섹스를 요구할 때가 있다.

그럴 때의 마사키는 무섭다.

평소에 달콤한 독이 담긴 말로 나오토를 주박하던 매끄러운 입술은 완전히 말이 없어지고, 마사키는 형이 아니라 정욕을 드러낸 수컷처럼 변모해 버린다.

평소에는 닿지 않을 가장 깊은 곳까지, 단단한 것으로 깊이 꿰뚫리는 공포.

숨이 거칠어질 때까지 뒤흔들고.

—휘젓는다.

마사키의 뜨거운 것을 꽉 조여 문 점막이 얼얼해질 때까지 인정사정없이 찌르면.

—머릿속이 멍해진다.

몇 번이고 사정하고.

—추락한다.

그리고 숨도 제대로 쉴 수 없게 된 나오토의 구멍에서는 토해 낼 것이 아무것도 없어지고.

대신 뒷구멍이 마사키의 것으로 가득 채워진다.

그렇게 된 다음에는 언제 기절했는지 기억하지도 못했다.

땀과 정액으로 범벅이 된 몸을 마사키가 어떻게 닦아 주었는지도 기억하지 못한다.

무엇보다 다음 날 아침에는 정말로 설 수 없게 된다.

"하지만… 저, 나… 내일 도서관에…."

쓸데없는 발버둥임을 알지만 그래도 움찔거리며 그렇게 말하자 마사키는 부드러운 말투로 딱 잘라 답했다.

"꼭 내일 가지 않아도 되잖아? …아니. 가고 싶어도 갈 수 없지 않을까? 나오가 일어설 수 없을 때까지 계속 할 생각이니까."

그 담담하고 낮은 목소리를 들으니, 마사키가 얼마나 기분이 좋지 않은지 짐작이 가서 나오토는 내심 오싹해진다.

마사키는 남성 잡지의 '얼굴' 수준을 넘어선 실적을 착실히 쌓고 있는 모양이지만 집에서는 일 이야기를 전혀 하지 않는다.

그래서 나오토는 모델 업계가 어떤지… 상상도 되지 않지만, 화려해 보이는 만큼 겉으로 표출되지 않는 스트레스도 상당하리라고 생각했다.

나오토의 목덜미에서 쇄골의 팬 부분까지를 한 번, 두 번… 느릿하게 혀로 핥은 마사키는 일요일부터 이어질 일주일을 생각하고 문득 괴로워졌다.

이번 발리 섬에서의 촬영은 '남자의 주얼리 컬렉션과 리조트 패션'이라는 주제로, 지금 젊은이들 사이에서 인기 있는 보석과 패션 디자이너를 한데 묶어 다루는 기획이었다. 전부터 예정되어 있었기에 마사키도 별 불만은 없었지만.

스폰서가 직전 미팅에서 억지를 부려, 날벼락처럼 가슴 큰 아이돌과 투 샷을 찍어야 하게 된 사실을 알고 마사키는 그 자리에서 테이블을 걷어차고 싶어졌다.

알면서도 입을 다물고 있었던 것으로 보이는 매니저 이치카와는 평소에 마사키가 제멋대로 군 빚을 여기서 단번에 받아먹겠다는 심산이었을까. 마사키가 노골적으로 노려보아도 안색

하나 바꾸지 않았다.

　모든 것이 충만하고 시노미야 가문의 장남으로서 실수 없이 행동하던 시절과는 달리, 겨우 열일곱 살에 세상 풍파의 세례를 잔뜩 받아 버린 마사키의 신조는 '남의 욕과 빈정거림과 뒷말은 패배자의 헛소리. 행운을 잡을 기회를 그저 말없이 기다리고 있을 때가 아니다. 노력을 게을리 하지 말고 자신을 갈고닦아, 남을 밀쳐서라도 한 발 위로 올라가라'이다.

　그래서 마사키는 남녀노소 할 것 없이,

　'자신을 모르는 어린애'

　'머리가 나쁜 바보'

　'주체성 없는 쓰레기'

　'자기주장을 바꾸는 멍청이'는 싫었다.

　하지만.

　겁이 없다고 표현하면 듣기에는 좋지만, 쓸데없이 자신감이 넘쳐 처음 만난 자리에서 느닷없이 푹 팬 가슴골을 내보이듯 몸을 내밀고,

　"우와… 진짜 'MASAKI'다! 와아아. 역시 진짜는 무지 예쁘고 멋있네. 아아아, 뭔가 가슴이 두근거려. 난 혼죠 키리카. 잘 부탁해. …근데, 있잖아. 여자애들 사이에선 그 눈을 임페리얼 토파즈라고 부르는데. 진짜야? 혹시 컬러 콘택트렌즈 같은 거 아니고?"

　반말을 지껄이며 교태를 부리는 여자는 더 싫었다. 게다가.

　"있잖아, MASAKI. 이따가 스태프가 친목회를 겸해서 밥 먹

으러 가자는데 말이야~ 물론 MASAKI도 올 거지? 응? 서로에 대해 좀 더 잘 알고 싶잖아?"

더불어 자기중심적이고 분위기를 파악할 줄 모르며 멋대로 흥분하는 인간은 최악이다.

업계에서 유명한 대형 프로덕션의 매니저는 마사키가 불쾌해 하는 것을 알아차렸는지, 아니면 일부에서 공공연히 말하는 대로 여성 관계가 화려한 마사키를 견제할 생각인지, 수완 좋게 고개를 꾸벅 숙였다.

"세상 물정 모르는 면도 많이 있겠지만, 키리카는 지금 우리 사무소에서 제일 밀어 주는 아이이니 MASAKI 씨, 부디 잘 봐주십시오. 잘 부탁드립니다."

그러나 예의바른 척 무례한 그 태도에 마사키는 더욱 기분이 나빠졌다.

그런 일도 있어서 마사키는 액막이를 하는 심정으로 나오토의 자는 얼굴을 보러 왔던 것이다.

아무리 지쳐도 나오토의 얼굴을 보면 마음이 풀린다.

질투, 중상모략, 아귀다툼이 드물지도 않은 이 업계에서 지금까지 어떻게든 버텨 올 수 있었던 것은 자신의 용모를 최대한으로 살릴 수 있다는 일종의 자신감이 있었기 때문이다. 그래도 긴장만 하고 있으면 신경이 마모된다. 특히 상당한 인내를 강요받은 뒤에는….

그래서 평소처럼 나오토의 머리카락을 쓰다듬고, 잘 자라는 키스를 하고…. 그러기만 할 생각이었는데 그만… 장난이 지나

쳤다.

설마 유두를 가볍게 물었을 뿐인데 나오토가 눈을 뜰 줄은 생각지도 못했다.

게다가 살짝 움켜쥐기만 했는데도 나오토의 그것이 마치 애무를 기다리고 있었던 것처럼 천천히 맥동하기 시작해서… 마사키는 자제할 수가 없게 되었다.

애초에 모든 것의 시작이 최악의 강간이었기 때문인지, 마사키는 섹스할 때 나오토의 트라우마를 자극하지 않기 위해 상당한 자제심을 발휘하고 있었다.

정욕에 이끌려 하염없이 쳐올리고 휘젓긴 쉽지만, 그럴 경우 나오토가 섹스 공포증에 걸려 버릴지도 모른다고 생각하면 아무래도 신중해질 수밖에 없다.

어쨌건 처음에는 뒷구멍을 손가락으로 가볍게 쓰다듬기만 해도 몸을 딱딱하게 굳혔다. 상냥한 속삭임도 애무도 없는 강간의 후유증이 얼마나 깊은지 목격한 마사키는 다시금 자신에 대한 분노와 후회의 감정으로 이를 꽉 악물었다.

그래서 마사키는 결코 억지로 삽입 섹스는 하지 않겠다고 맹세했다.

모든 것에 선을 그은 관계에서, 뒷일을 걱정할 필요 없는 성욕의 배출구로써의 섹스를 할 때 마사키는 콘돔을 제대로 끼는 정도 외에는 자제한 적이 없다. 그러나 상대가 나오토일 때에는 굳어서 떠는 그 몸까지도 사랑스러웠다.

하물며 자신이 하는 키스와 애무로 나오토가 음란하게 녹아

내리는 모습은, 그것만으로도 몹시 자극적이었다.

다른 누구의 손때도 묻지 않은, 자신만의 각인이 박힌 몸.

이성과의 평범한 섹스의 쾌감조차 모르는 순진한 남동생을 자신의 뜻대로 길들이고 싶다는 삿된 욕망.

그것은 추하게 일그러진 어두운 집착이었다.

성급하게 흘러나오는 정욕을 억누르고, 음란한 말로 나오토의 수치심을 자극하는 것이… 좋다. 지배욕이라는 악취미적인 희열의 일부가 채워지기 때문이다.

"나오의 우유도 짜줘야지. 아까 유두에 살짝 키스했을 뿐인데 나오의 여기… 바로 부풀었어."

그렇게 말하고 속옷 위로 꽉 움켜쥐자 생각대로 나오토는 귀뿌리까지 붉게 물들이고 어색하게 눈을 피했다.

그런 표정을 지으니까 더 괴롭히고 싶다는 걸 틀림없이 꿈에도 모를 것이다.

'너는 정말이지 귀여워….'

너무 귀여워서 그만 괴롭히고 싶어진다.

자신을 필두로 자아가 너무 강한 여동생과 자기주장이 심한 막내 사이에 끼어 있었으면서도. 거기다 주위 상황이 이렇게 격변했는데도 근본적인 부분에서 유연하고 솔직한 성격을 잃지 않는 나오토가 어떤 의미에서 굉장하다고 생각한다.

마사키도.

사야카도.

유우타도.

가정 붕괴라는 격류에 휩쓸려 일그러져 버렸다.

그런데 혼자만 일그러지지 않는 나오토에 대한 선망과도 같은 질투.

나오토에 대한 유우타의 완고한 태도도 본인이 알지 못할 뿐 그로 인한 것이리라. 사야카의 태도는 마사키에 대한 것도 포함하여 전부터 훨씬 노골적이었다.

그래서일까. 나오토를 안을 때마다 마사키는 생각지도 못하게 자극되는 가학심을 느끼고 있었다.

'뭐… 어차피 난 남동생에게 진심으로 발정하는 짐승이니까.'

짐승은 짐승답게 굴면 된다. 공연히 욕심을 부려 선량한 형의 '얼굴'을 덮어쓰려고 하니까 쓸데없이 스트레스가 쌓여서 그런 최악의 짓을 저지르는 것이다.

'나는 두 번 다시 실수하지 않을 거야.'

그것만이 유일한, 마사키의 양보할 수 없는 긍지였다.

시작이 어떠했든 마사키도 나오토도 이제 돌아갈 수는 없다. 그렇다면 이제부터는 나오토의 몸과 마음을 품속에 꽉 끌어안고 앞으로 나아갈 수밖에 없다고 생각했다.

몸 아래에 깔린 나오토의 나체는 호리호리하고 유연하다.

"나오. 내 말, 제대로 지키고 있지?"

그 어깨에 얼굴을 파묻고 귓바퀴를 빨자 나오토는 움찔하고 몸을 떨었다.

"안… 했, 어."

"안 했다니… 뭘? 제대로 말하지 않으면 모르잖아?"

그다음을 재촉하듯 귓바퀴를 물고 가볍게 깨물자 큭 하고 숨을 삼키고.

"…자… 자, 위…."

꺼질 듯 작은 목소리로 나오토가 중얼거린다.

마사키와 어머니의 문란한 관계를 안 뒤, 그게 반면교사가 된 걸까. 성적인 일을 필요 이상으로 경계하게 된 나오토의 몸은 놀라우리만치 무구했다. 그것을 억지로 열어젖히고 쾌락의 씨앗을 심은 이가… 마사키다.

그런 나오토에게 자위를 금하고, 자신의 무릎 위에 안아 올려 가랑이 사이를 드러내 꿀이 듬뿍 담긴 주머니를 매만져 사정시키는 행위에는 섹스와는 다른 의미의 음란한 쾌감이 있었다.

나오토가 귀엽다.

옛날부터 그랬다.

언제나, 어디서나 아무 어두움도 망설임도 없이 애정을 담아 똑바로 자신을 올려다보는 사야카의 까맣고 드센 눈보다.

토라지고, 어리광 부리고, 고집을 피우고. 그래도 한여름 해바라기처럼 기운차게 누구에게나 사랑받는 유우타의 응석보다.

말을 걸면 강아지처럼 뛰어오고, 그러면서 어딘가 부끄러운 듯 조금 쑥스러워하는 나오토의 웃음이 제일 귀여웠다.

지금은 다른 누구보다도 나오토가 사랑스럽다.

하지만 그저 자애로운 애정을 키워 가는 것만으론 부족하다.

자신은 어머니를 안고 동생을 범한 짐승이니까.

그러니까.

남을 위하는 척하면서 자기 잇속만 챙기는 미지근한 '유대감' 따위 필요 없다.

원하는 것은 나오토의 몸과 마음을 꿰뚫고 자신만의 '각인'을 새기는 것이다.

혀로 천천히 나오토의 입술을 따라가며.

"많이 쌓였어? 그래서 키스만 해도 나오토의 여기가… 이렇게 된 거야?"

이미 형태를 바꾸어 자기주장을 시작한 나오토의 가랑이 사이를 손바닥으로 둥글려 자극해 주자, 나오토는 그만 숨이 차올라 목을 움츠렸다.

"…응…!"

"아니지? 내가 핥아 줬으면 해서 이렇게 부푼 거지? 자… 점점 딱딱해지고 있어."

말로, 손바닥으로 달콤하게 희롱한다.

"나오는 불알을 만지면서 이걸 핥는 걸 제일 좋아하니까."

그렇게 괴롭히지 말고 솔직하게 다정한 말을 속삭여 주면 좋을 텐데, 입에서 나오는 것은 짓궂고 음란한 말들뿐. 마사키도 자신이 상당히 비뚤어져 있다는 것을 알고 있지만 어쩔 수가 없었다.

"아아…. 벌써 젖었어."

입술을 깨물고 눈을 감고….

나오토는 어떻게든 몸을 비틀어 그 자극을 버텨 내려고 필사적으로 노력한다.

무의식적인 교태.

나오토의 이런 얼굴은 자신 말고는 아무도 모른다.

하물며 그렇게 당장이라도 울 것 같은 얼굴로 저항하면 할수록 마사키의 가학심을 부추긴다는 사실을 나오토는 알지도 못할 것이다.

"이대로 손으로 하는 것과, 입으로 하는 것 어느 쪽이 좋아?"

그렇게 말하면서 끈적끈적하게 흘러나온 꿀을 손가락으로 걷어 내고 그대로 부드럽게 구멍을 매만졌다. 그에 자극받은 나오토는 움찔하고 몸을 움츠린다.

"힉… 앗….'

"그 전에 여기를… 손톱 끝으로 비벼 줄까?"

손등으로 갈라진 구멍 틈을 간질이듯 쓰다듬으며 목 안쪽으로 웃자, 나오토의 허리가 움찔움찔 경련하듯 물러났다.

"나오, 여기를 만지는 거 좋아하잖아? 무심코 오줌을 흘려 버릴 정도로… 기분이 좋지?"

마사키가 그렇게 말하자 나오토는 입술을 꽉 깨물고 몸을 굳혔다.

얼마 전 욕실에서, 드러난 구멍의 은밀한 부분이 붉게 벌어질 때까지 손톱 끝으로 정성 들여 비벼 자극해 주자 나오토는 정말로 정신을 잃고 실금해 버렸다.

물론 화장실에 가고 싶다는 걸 억지로 욕실로 데려간 마사키는 그럴 줄 알고 한 것이다. 하지만 나오토는 역시 충격을 받고 수치심을 느꼈는지 소리 죽여 흐느꼈다.

금기의 섹스는 나오토를 굳게 얽어맨다.

그래서 마사키는 아무리 달콤한 말을 해도 끝까지 굽히지 않는 나오토의 자아를 꺾기 위해서, 사정과는 전혀 질이 다른 쾌감이 동반되지 않는 배설행위를 강요한 것이다.

자기 눈앞에서 모든 것을 드러내게 하고.

토해 내게 하고….

그리고 천천히 시간을 들여 자기 뜻대로 길들여 간다.

자신에게 그런 일그러진 지배욕이 있다는 사실을 알아도, 마사키는 이제 자학에 빠져 입술을 깨물거나 하지 않았다.

그 이후로 나오토는 마사키의 생각대로 구멍에 대한 자극에 몹시 과민해졌다.

그래서 나오토가 말을 잘 듣지 않을 때, 마사키는 구멍에 손톱을 세워 부드럽게 쓰다듬기만 하면 되었다. 그것만으로 나오토는 움찔하고 팔다리가 굳어서 끝내는 마사키의 말을 받아들이기 때문이다.

거칠게 두근두근 뛰는 나오토의 심장이 직접적으로 느껴진다. 그것이 너무나도 애처로워서, 마사키는 몹시 달콤하게 속삭일 따름이었다.

"한 번 먼저 내보내자, 나오. 이대로는 힘들잖아?"

그리고 움찔움찔 경련하듯 떨고 있는 나오토의 입술에 가볍게 키스하고 밝게 웃었다.

"그러면 나오가 좋아하는 데를… 한껏 핥고 만져 줄게. 오늘은 우유통이 비어 버릴 만큼 듬뿍… 귀여워해 줄 테니까. 많이 내보내도 돼. 내가 전부… 마셔 줄게."

몸 안쪽이 뜨겁게 욱신거려서… 견딜 수가 없었다.

한 번, 두 번, 마사키가 목덜미를 부드럽게 물고 귓바퀴를 한 껏 희롱하며 속삭이면 몸 깊은 곳에 징 하고 뜨겁고 저릿한 것 이 느껴졌다.

마사키의 속삭임은 몸을 녹이는 달콤한 독이었다. 그 독에 완 전히 젖은 나오토는 자신이 굉장히 음란해진 것 같았다.

몸 중심에 얽매이는 마사키의 손가락.

매끈하고 긴 손가락에 우롱당해, 어디까지고 추락해 가는 자 신이 보인다.

마사키의 수음을 알기 전과 후. 그 차이는 역력했다.

전에 한번 미열이 쌓인 듯한 통증을 도저히 참지 못하고 마사 키가 금지한 자위를 해버렸을 때. 나름대로 사정감을 느끼긴 했 지만 그 느낌은 몸에 스며든 녹아 버릴 것 같은 작열감과는 거 리가 멀었다.

꼬리뼈까지 징 하고 울리는 어지러움과, 절정에 오른 뒤의 붕 뜬 느낌.

그런데….

생각한 만큼의 쾌감을 얻을 수 없어서 안타깝고 애가 탔다.

그리하여 이제 자위로는 몸 안쪽에 쌓인 쾌감이 개화하지 않는다는 사실을 안 나오토는 얼굴이 딱딱하게 굳어 버리는 것 같았다.

깊이 있는 마사키의 속삭임이 쌓인 미열에 불씨를 당기고, 그 손으로 한껏 가랑이 사이의 물건을 매만져야 비로소 쾌감에 뜨거운 싹이 튼다.

자위로는 얻을 수 없는 음란한 쾌락.

나오는 내가 훑어 줬으면 좋겠지?
나오는, 만져 주고 핥아 주는 게 제일 좋잖아?

그렇게 속삭이면 나오토는 견딜 수 없어졌다.

자신의 음란한 정욕을 마사키가 다 꿰뚫어 보고 있는 것 같아서…. 수치심에 확 불이 붙어 울고 싶어졌다.

그런데 그런 나오토의 마음은 무시하고 가랑이 사이를 매만지는 마사키의 뜨거운 수음에 휩쓸려, 몸에 새겨진 쾌락만이 성급하게 달아올랐다.

"많이 내보내도 돼. 내가 전부… 마셔 줄 테니까."

"…응… 아아아…."

소리를 죽여도 뜨거운 숨은 새어 나온다.

"응, 응… 핫… 하앗… 아아아아!"

신음을 죽이고 싶어도 치열 틈새로 소리가 내내 흘러나왔다.

욱신하고 쑤시고.

끈적하니 뜨거운.

꼬리뼈를 핥으며 기어오르는 쾌감은 생각조차도 하얗게 흐려지게 만들 정도로 탐욕스러웠다.

성급하게 흘러나온 꿀을 핥아 내듯 마사키의 입술이 진득하게 휘감긴다.

그러자 손톱 끝까지 뜨겁게 달아올랐다.

솟아오른 꽃심의 팽팽해진 주름이나 기둥의 줄기를 혀로 덧그리면 허벅지가 움찔움찔 경련했다.

그러면 끄트머리의 구멍까지 따끔하고 뜨겁게 욱신거려서.

"큭… 으윽… ."

나오토는 참지 못하고 등을 젖혔다.

끈적끈적한 밀액이 하염없이 흘러나온다.

그곳을 손등으로 몇 번이고 비비면 은밀한 곳이 농익어 얼얼하게 터져나갈 것 같은 착각까지 들고, 나아가 바늘로 찔린 듯한 아픔까지 느껴진다.

"싫어… 아앗!"

나오토는 뜬 허리를 작게 흔들며 쉰 목소리로 교성을 지른다.

그리하여 무방비하게 드러난 갈라진 곳을 뾰족한 혀끝으로 천천히 쑤시면.

"…힉… 아아앗!"

몸 깊은 곳에서 구멍으로 타오르는 듯한 쾌감이 전해졌다.

그때 유우타는 어둠 속에서 자기 방과 옆방을 가르는 벽을 한 껏 노려보며 서 있었다.

굳게 움켜쥔 주먹은 참을 수 없는 격정에 부들부들 떨리고, 악문 입술 끝도 치켜 올라간 눈도 조금씩 떨린다.

아까 마사키가 돌아오기 겨우 10분 전쯤, 졸린 눈을 비비며 화장실에서 돌아와 침대로 들어갔지만 잠을 설쳐서 부스럭부스 럭 몸을 뒤채는 사이에 옆방에서 일이 시작되어 버린 것이다.

한밤중.

조용한 침묵을 깨고 마사키의 발소리가 울렸을 때 갑자기 숨 이 막혔다.

그 발소리가 옆방 문 앞에서 멈추고 그대로 당연하다는 듯 안 으로 사라져 버리자 유우타는 이를 악물었다.

언제부턴가 마사키가 나오토를 안을 때 전혀 사양하지 않게 된 양 느껴지는 건 기분 탓이 아니리라.

마사키는 필사적으로 소리를 눌러 죽이는 나오토의 부끄러운 모습을 드러내고 그걸 유우타에게 과시하려는 것 같았다.

그럴 때 유우타는 구역질나는 혐오감과, 정반대의 맹렬한 소 외감을 느끼고 속이 뒤집힌다.

마사키는 정말이지 싫은 인간이었지만 그런 마사키가 '네 존재 따위 전혀 안중에 없어'란 식으로 무시하는 건, 나오토의 독선적인 참견보다 더 참을 수 없었다.

짐승 같은 형이 남동생의 몸을 찢고 마음껏 탐하는 미친 밤.

그런 추악한 짓을 과시하는 것이 싫어서.

도저히 참을 수가 없어서.

유우타는 나오토가 목욕을 하러 가는 시간에 맞추어 잠들게 되었다.

그렇게 하면 듣고 싶지도 않은 나오토의 신음을 안 들어도 되고, 이것저것 쓸데없는 생각에 시달릴 일도 없다.

하지만 그렇게 쉽게 잠들어 버린 것은 처음 몇 번뿐. 마사키와 나오토의 문란한 섹스를 의식하지 않으려고 하면 할수록, 오히려 신경이 쓰였다. 그러다가 정신이 맑아져 잠들 수 없게 되었다.

그런 자신에게 짜증이 나고.

그런 생각을 하게 만드는 마사키와 나오토가 얄미워서.

언제나 머릿속이 지끈지끈 아팠다.

적당히 해!

옆방 문을 걷어차며 그렇게 외치고 싶었다.

하지만 그러면 최후의 제어 장치가 부서져 버릴 것 같아서….

그렇게 되면 자신을 이 집에서 쫓아내려는 것으로밖에 보이지 않는 마사키의 뜻대로 될까 봐 싫었다.

그렇지만.

돌아오자마자 발정하지 말라고!

분노가 소용돌이치고 눈앞의 벽을 힘껏 걷어차 버리고 싶은
충동이 멈추지 않는다.

하지만.

"싫… 마… 쨩… 앗… 응…. 이제… 지… 마…. 응아앗…."

처음에는 작게 속삭이던 나오토의 쉰 목소리가 점점 음란하
고 요염해지면, 부풀어 오른 격정과는 다른 무언가가 몸 안쪽에
서 천천히… 고개를 치켜들기 시작한다.

"앗… 응… 웃. …힉… 아아아앗!"

벽 너머에서 하염없이 들려오는 음란한 신음에 유우타는 꿀
꺽 숨을 삼킨다.

악문 입술이.

꼴사나울 정도로 경련하는 목이.

타는 것처럼 뜨겁다.

"…젠, 장…."

그 갈증은 단순한 착각이 아니라, 얼얼한 아픔까지 동반하여
유우타의 등골을 인정사정없이 조인다.

"…아아앗… 아앗… 응…. 마… 쨩… 이제… 안, 나와…. 마
쨔… 응… 이제, 그만… 줘…."

상기되어 떨리는 목소리로 몇 번이고 마사키의 이름을 부르

는 나오토의 교성을 견딜 수 없어진 유우타는 어색하게 뒷걸음
질 친다.

하지만 뿌리쳐도…, 뿌리쳐도.

집요하게 휘감기는 음란한 목소리가 가랑이 사이를 움켜쥔다.

유우타는 앞으로 몸을 굽힌 채 침대 끝을 붙잡고 주르륵 주저
앉아, 참지 못하고 오른손을 잠옷 안에 집어넣었다.

습격

그날 밤 카도쿠라 슌스케는 늘 가던 노래방의 주차장에 오토바이를 세우고 낯익은 친구들과 모여 있었다.

발밑 여기저기에 페트병과 담배꽁초가 널려 있다.

특별히 뭘 하는 것도, 뭘 하고 싶은 것도 아니다. 그저 시간이 남아도는 것뿐.

땅바닥에 주저앉아 때때로 영문 모를 소리를 지르는 그들을 멀찍이서 바라보며 남몰래 눈썹을 찌푸리는 사람은 있을지언정, 요즘 세상에 일부러 쓴 소리를 하러 올 만큼 참견하길 좋아하는 어른은 없다.

뿐만 아니라 길 가는 사람들의 태반은 괜히 엮일까 봐 두려운지 눈을 피하고 모두 빠른 걸음으로 지나간다.

'화가 나면 무슨 짓을 저지를지 모르는 소년들.'

그런 눈으로 보고 있다는 것을 아는 슌스케 일행은 방약무인하게 행동한다.

한데 묶여 '낙오자 집단'이라고 불리면 화는 나지만, 친구들과 함께 무시해 버리면 아무것도 무서울 게 없다는 도착적인 쾌감이 들었다.

세상 사람들이 얼굴을 찌푸리고 자신들을 배척한다면, 우리도 마찬가지로 너희들을 무시해주겠어라고.

그래서 삐딱하게 서서 험상궂은 표정을 짓고, 어깨를 치켜 세운다. '힘'의 논리는 매우 단순하고 누가 보아도 알기 쉽다.

즉 약육강식이라는 뜻이다.

기분풀이로 남을 협박하는 일도 드물지 않았고 상황에 따라서는 사람을 때리기도 한다. 그 모든 것이 비뚤어진 자아를 만족시키기 위한 퍼포먼스에 지나지 않았다.

물론 사람 가리지 않고 싸움을 걸고 다니는 녀석은 그냥 멍청이일 뿐이다.

삥 뜯는 것도, 분풀이로 남을 괴롭히는 것도 약간의 요령이 있다. 되는 대로 싸움을 거는 것보다 나름의 수순을 밟아 사냥감을 정하면 실수를 할 일도 별로 없고 후환도 없다.

중요한 점은 타이밍을 잘 파악하고 쿨하게 행동하는 것이다.

세상의 '상식'이나 '규칙' 따위 엿이나 먹으라지.

그런 쓸데없는 것에 얽매인 겁쟁이 녀석들은 자신이 하고 싶어도 할 수 없는 일을 태연히 하는 슌스케 일행을 '낙오자'나 최악의 '쓰레기'라고 부르지만, 슌스케의 입장에서는 그거야말로 패배자의 헛소리였다.

'공부를 잘한다'와 '머리가 좋다'는 전혀 의미가 다르다.

수학이네, 역사네 하는… 그런 일상생활에 아무 도움도 되지 않는 지식을 채워 넣기만 하는 학교 따위 지루할 뿐이다.

부모나 선생은 그더러 "요즘 세상에는 고등학교쯤 나오지 않으면 제대로 된 직업을 갖지 못해"라고 몹시 그럴 듯한 설교를

하지만.

대학을 나와도 상식 없는 녀석은 널려 있고, 근성과 노력으로 아무리 노력해도 결국 재능 없는 녀석은 거기서 끝난다.

요즘 세상에 해고당하는 쓰라린 경험을 하는 건 대졸이나 중졸이나 마찬가지다.

인생은 저지르는 자가 이기는 것이다.

설령 세상의 가치관이 어떻건, 이러쿵저러쿵 고민만 하고 아무것도 하지 않는 쪽보다는 하고 싶은 대로 하고 '양떼'에서 빠져나오는 '늑대'가 몇 배는 더 멋있다.

하지만.

그런 식으로 입으로는 자못 멋있는 말을 내뱉어도, 그저 자신에 대한 변명을 늘어놓는 것일 뿐. 실제로 하는 짓은 자립도 하지 못하고 부모에게 손이나 벌리는 녀석들이 서로의 상처를 방종하게 핥아 주고 있을 뿐이라는 사실은 알지 못한다.

자기 뜻대로 되지 않는다고 토라져서.

노력도 하지 않고 비뚤어지고.

참지도 못하고 중도 포기하는 것은, 가장 편한 '도망'이라는 사실을 알지 못한다.

스스로 반성하지 않고.

모든 것을 남 탓으로 돌리고.

그렇게 자신을 정당화할 수밖에 없는, 미성숙한 어린애.

인생의 터닝 포인트에서 제대로 자신을 돌아볼 수 있는 사람과 그대로 쉽게 떠밀려가는 사람.

선이나 악의 문제가 아니다.

할 수 있는가, 할 수 없는가. 그 의식이 문제다.

그 경계선이야말로 '사람'으로서의 행동 방식을 결정하는 중대한 경계임을 그들은 생각지도 못할 것이다.

편한 것을 찾아 도망친 만큼 몇 배로 부푼 이자가 언젠가 반드시 인생의 빚이 되어 자기 몸에 돌아오리라는 점을 모른다.

"뭔가 심심하네."

슬슬 잡담도 지쳤다… 는 듯이 모토키가 말했다.

애초에 '모토키'가 성인지, 이름인지, 혹은 가명인지조차 모른다. 슌스케 일행에게 이름은 그저 호칭에 불과하다. 설령 이름이 '바둑이'나 '야옹이'라 해도, 그 녀석이 그 녀석이라고 판별할 수만 있다면 상관없었다.

본래 한밤중 오락실에서 알게 된 사이다. 이렇게 매일처럼 어울리기는 하지만 서로 어디에 사는지, 낮에는 무엇을 하는지도 모른다. 그런 의미에서 함께 지내는 시간을 빼면 몹시 얄팍한 관계에 가깝다.

그래도 늘 만나는 곳에서 얼굴을 맞대니, 유일한 '동료'였다.

"도둑질도, 게임도 지겹고 삥 뜯는 것도 질려 버렸어."

"그럼 여자 꼬시러 갈래?"

"싫어. 귀찮아…."

"…무엇보다 이런 시간대엔 쓸 만한 여자가 없잖아?"

"그래. 얼마 전에 그 여자는 그냥 오갸루(2000년대 초반 화제가 되었던 말. 목욕하지 않고 옷을 빨아입지 않아 불결한 젊은 여성을 지칭함)였잖아. 냄새가… 그런 거에 걸리면 최악이라고."

"난 기왕이면 예쁘고 돈 많은 누님이랑 하고 싶어!"

"그럼 약이라도 한번 해볼까?"

"뭐? 그쪽에 아는 사람이라도 있어?"

"…글쎄. 3번가 그로스 쪽에 물건이 많다고 들은 적이 있어."

"나는 패스. 전에 마리화나 한번 해봤는데 뒤끝이 엄청 안 좋았어."

그런 동료들의 대화를 흘려들으며 슌스케는 캔맥주를 단숨에 마신다.

"여, 슌. 뭐 재밌는 거 없어?"

"재미있는 거, 라."

슌스케는 새 담배에 불을 붙이고 가볍게 한 모금 빨더니 씩 웃었다.

"그럼 오랜만에 '사냥'이라도 해볼까?"

소년들은 바로 눈을 빛내며 슌스케를 보았다.

"뭐야, 처녀 사냥?"

"멍청아, 아냐. 도련님 사냥."

"뭐야, 남자?"

"남자면 뭐 어때. 게임이니까."

"때로는 반응이 세게 오는 게 스릴 넘쳐서 좋지 않겠어?"

"그럼 사냥감은?"

"우리들 같은 낙오자랑은 전혀 인연이 없는, 공부 좋아하는 엘리트 학교 도련님은 어때?"

그러자 좀처럼 내키지 않아 보이던 토모히로가 입술 끝을 씩 올렸다.

"그거 좋은데. 실컷 즐길 수 있겠어."

"…그래. 도련님들도 때로는 예기치 못한 좌절감이라는 걸 듬뿍 맛봐야지."

야스가 그렇게 말하자 일제히 비열한 웃음을 흘렸다.

"좋아, 좋아. 당분간 지루하지 않겠군."

"갑자기 의욕이 들끓는데."

"그럼 룰은? 어떻게 할 건데?"

"음. 너무 까다롭게 가지 말자고. 게임이니까 역시 놀 여지를 남겨 둬야지."

"그럼, 그래…. 타깃은 자전거로 통학하는 녀석. 전리품은 돈이든 휴대폰이든 좋을 대로 하고. 하지만 자전거에 붙은 학교명 스티커랑 그 녀석의 학생수첩은 반드시 빼앗아 온다는 건 어때? 증거품 아이템은 양쪽 다 갖춰져 있지 않으면 땡. OK?"

"빼앗아 온 증거품 수로 승부한다는 거야?"

"그건 너무 재미없잖아? 그러니까 포인트제로 하자고."

"포인트제라니?"

"그러니까 등급 높은 고등학교일수록 점수가 높은 거지. 랭크 1위 학교를 핀 포인트로 노릴지, 아니면 그냥 적당한 데로 머릿수를 채워서 포인트를 벌지…. 뭐, 여러 가지로 변칙적인 게 재미있지 않겠어?"

"하는 방법은 자유야?"

"그거 죽지 않을 정도로 때려 줘도 된다는 거야?"

"실수만 하지 않으면 상관없잖아?"

아까까지의 늘어진 분위기는 흔적도 없다.

새로운 게임에 흥미를 느끼고 모두 흥분하여 눈을 치켜 올리고 있다.

무리지어 남을 짓밟는 것으로밖에 자기주장을 할 수 없는, 일그러진 정신.

그런 동료들을 곁눈질하며 슌스케는 남몰래 웃었다.

'부탁해. 모쪼록 화려하게 저질러 줘. 위장할 사냥감이 많으면 많을수록 진짜 목표를 짓밟는 보람이 있으니까.'

그리고 슌스케는 무엇보다도 소중하게 생각하는 동갑 소꿉친구, 마야마 미즈키의 얼굴을 떠올리고 문득 양미간에 깊은 주름을 잡는다.

그날.

미즈키가 제발 데려가 달라고 해서 슌스케는 쇼난 고등학교까지 오토바이를 몰았다. 언니 치사토의 행복을 위해 꼭 이야기를 해야만 하는 상대가 있다고 미즈키가 진지하게 말했기 때문이다.

그런 미즈키가 창백한 얼굴을 굳히고 말없이 흐느끼는 모습을 본 슌스케는, 그렇게 미즈키를 울린 남자에게 맹렬한 분노를 느꼈다.

슌스케의 아버지는 속칭 일류대학 출신 엘리트 샐러리맨이지만 슌스케의 입장에서는 자기 의견만 강요하고 횡포를 부리는 아저씨에 불과했다.

그런 아버지를 참고 따르는 것밖에 모르는 어머니는 늘 말 잘 듣는 형이나 여동생을 들먹이며 슌스케에게 잔소리만 한다.

어머니가 그러니까 형이나 여동생도 답안 용지에 이름만 적으면 누구나 입학할 수 있다고 비웃는 사립 고등학교밖에 가지 못한 슌스케를 바보 취급한다.

그런 가정 안에 슌스케가 있을 곳은 없었다. 초등학생 무렵에 이미 반쯤 비뚤어진 슌스케를 감싸고 언제나 따뜻하게 맞이해 준 이는 이웃 아파트에 사는 마야마 자매였다.

쓰레기 낙오자 취급을 받고, 가족들도 싫어하는 슌스케에게는 마야마 자매만이 마음 붙일 곳이었다.

그래서 설령 어떤 이유가 있다 해도, 그렇게 미즈키를 울린 녀석을 용서할 수 없다.

'그 자식…. 미즈키를 울린 빚은 세 배로 갚아 주겠어. 각오하라고.'

슌스케는 입술 한쪽을 치켜 올리고 위험한 생각을 곱씹었다.

"들었어? 이번에는 소우부 고등학교 1학년이 당했다던데…."
"알아. 서클 활동 하고 돌아오다가 그랬다면서?"

"무서워라. 이게 몇 번째야?"

"잘 모르겠지만…. 전부 더하면 상당히 많지 않을까?"

"하지만 왜 자전거로 다니는 남자애들만 노리는 걸까."

"빨리 범인을 잡아 줬으면 좋겠는데…."

요즘 현 내에서 자전거로 통학하는 남학생들만 노리는 폭행 사건이 다발하고 있었다.

게다가 습격당한 것은 공립, 사립 가리지 않고 그럭저럭 이름이 알려진 고등학교의 남학생들이다.

그중에도 가장 큰 피해를 입은 데는 중학교와 고등학교 일관 교육을 표방하는 사립 스바루 학원이었다. 마침 그 무렵 스바루 고등학교의 야구부는 외부의 사전 평가와 달리 여름 고시엔(일본 고등학교 야구 전국대회) 출장을 향해 지방대회에서 연승을 계속하고 있었다. 그래서 야구부원과는 관계없는 일반 학생이 연이어 습격 받는 것은, 어쩌면 시합에 진 상대 고등학교의 분풀이가 아닐까라고 히스테릭하게 떠들어대는 사람까지 있었다. 당치도 않은 의심을 사서 분개하는 상대 고등학교까지 휘말려 들어가, 수많은 억측이 날아다니는 일대 스캔들이 되어 가고 있었다.

나오토가 다니는 쇼난 고등학교에서도 이미 두 명이 피해를 입었다. 그 때문에 어느 반에서도 매일 그 화제로 시끄러웠다.

수법은 언제나 같았다. 자전거를 타고 달리다가 갑자기 등 뒤에서 습격당한 것이다.

뭔가 단단한 봉 같은 것으로 때리고, 그 충격으로 인해 자전 거째로 뒤집어졌을 때 결정타로 걸어차고 폭행한다.

이때 금품을 빼앗길지 아닐지는 경우에 따라 달랐지만, 공통된 것은 피해자가 다들 마치 전리품처럼 반드시 학생수첩을 빼앗긴다는 점이었다.

쇼난의 첫 희생자는 학원을 마치고 돌아가던 3학년이었다.

이렇게 되자 학교 측도 사태를 무겁게 인지하여, 긴급 전교 집회나 학부모 회의를 열어 주의를 촉구한 사흘 뒤. 이번에는 서클 활동을 마치고 돌아가던 1학년이 습격당했다.

현 내에서도 이름이 알려진 입시 고등학교의 남학생, 그것도 자전거로 통학하는 사람들만 노리는 악질 폭행 사건.

하굣길의 인기척 없는 뒷골목이나, 서클 활동이나 학원을 마치고 돌아가던 어둑어둑한 시간대에 습격당하여 또렷한 목격 정보도 없다. 수사는 난항인데 피해는 전혀 잦아들지 않는, 말하자면 손쓸 길이 없는 상태였다.

그리하여 유력한 범인에 대해서는 '수험에 실패한 녀석의 분풀이'설과 '입학해도 수업을 따라가지 못하고 퇴학한 녀석의 묻지 마 범죄'설, '질 나쁜 낙오자들이 엘리트 고등학생을 사냥하고 있다'설까지 퍼졌다.

덤으로 피해를 입은 소년들에 대한 근거 없는 소문이나 중상모략, 나아가 지역사회까지 뒤흔드는 수많은 억측까지 더해져 뒤숭숭했다. 피해를 입은 고등학교는 물론이고 아직 한 명의 희생자도 나오지 않은 학교의 자전거로 통학하는 남학생들까지, 언제 어디서 사건의 불똥이 튈지 모른다고 전전긍긍했다.

아무리 조심해도 등 뒤에서 갑자기 습격하면… 어쩔 수 없다.

그렇다고 언제 어디에 나타날지도 모르는 범인이 잡힐 때까지 자전거 통학을 자제할 수도 없고.

결국 스스로 취할 수 있는 대책은,

'인기척이 적은 뒷골목을 혼자 다니지 않는다'

'서클 활동을 빨리 끝낸다'

'학원에는 사복을 입고 간다' 정도밖에 없다.

자신만은 괜찮을 것이라고 자기 위안을 해도, 그렇다는 보장이 전혀 없기에 그들은 점점 더 불안해졌다.

그래서인지 그날 방과 후.

격주로 열리는 학년 대표 위원 총회의 의사 결정도 전에 없이 순조롭게 진행되어 예정 시간 내에 정확히 종료되었다.

신경 써봤자 소용없다고 생각하면서도 역시 조바심이 나는 것이리라. 서문 자전거 정류장으로 향하는 자전거 통학 학생들의 걸음걸이는 한결같이 빠르다.

그런 가운데 나카노가 몹시 진지한 표정으로 말했다.

"시노미야. 너 조심해. 제일 머니까."

"괜찮아. 요즘은 뒷길이 아니라 큰길로 다니니까."

"하지만… 그만큼 멀리 돌아가서 꽤 시간을 잡아먹잖아?"

"그건 나카노 너도 마찬가지 아냐?"

"우리는 괜찮아. 집 근처까지 계속 함께 가니까. 그치, 야마시타?"

"그래그래. 애초에 시노미야네 집처럼 멀지도 않고."

"괜찮다니까."

그러자 나카노가,

"뭣하면…. 도중까지 오우사카에게 바래다 달라고 해."

그런 말까지 꺼내서 나오토는 한순간 입을 쩍 벌렸다.

'갑자기 무슨 소리야, 나카노….'

"그래, 오우사카. 괜찮지? 어차피 같은 방향이잖아."

'같은 방향이라니…. 아무리 그래도 너무 뭉뚱그린 거 아냐?
오오노 교차로를 지나면 완전히 다른 방향인데.'

그런 건 나카노도 당연히 알고 있을 것이다.

"잠깐, 나카노…."

그런데 야마시타까지 평소의 장난스러운 분위기와 딴판인 태
도로 딱 잘라 말한다.

"그래. 그렇게 해. 조심해서 나쁠 건 없잖아."

차라리 평소대로 도가 지나친 농담을 하는 게 훨씬 낫다… 는
생각에 나오토는 저도 모르게 한숨을 쉬고 싶었다.

"그렇게 말하자면 끝이 없잖아. 조건은 다들 같은데."

그렇다.

현 내에 자전거로 통학하는 남학생이 대체 얼마나 있는지는
모르지만, 습격당할 확률은 점괘를 뽑았는데 '대흉大凶'이 나올
확률과 비슷할 것이다.

조심해서 나쁠 건 없지만 '너무 신경질적으로 행동하긴 좀 그
렇잖아'가 나오토의 심정이었다.

"솔직히 오우사카가 타깃이 되지 않는다는 보장도 없고."

그러자 나카노와 야마시타는 무심코 마주 보며 복잡한 한숨

을 쉬었다.

"아니… 그런 일은 없지 않을까? 그 녀석들도 목숨은 아까울 테니까. 항간에서는 이래저래 말이 많지만 나는 상대를 골라서 습격하고 있는 거라고 생각해."

순간 나오토는 식은땀을 흘렸다.

'나카노는… 때로 당황스러울 정도로 아무렇지도 않게 폭언을 할 때가 있다니까.'

오우사카 본인을 앞에 두고 그런 말을 태연히 내뱉는 호걸은 나카노 말고 본 적이 없다.

의외로 거물이거나.

아니면 목숨 아까운 줄 모르는 도전자일지도 모른다.

"그래. 화가 난 오우사카라니 상상만 해도 얼어붙겠는데."

불쑥 중얼거리는 야마시타의 말에 깊이 고개를 끄덕이려던 나오토는 황급히 멈춘다.

여기서 나오토까지 고개를 끄덕이면 곤란하다.

오우사카는 여전히 말이 없지만, 이건 상황이 대단히 난처한 방향으로 굴러가고 있는 게 아닐까….

그런 분위기를 알아차렸는지 어떤지는 모르지만 나카노와 야마시타 호들갑 콤비는 연달아 말했다.

"뭐, 그런 이유로."

"그럼 오우사카, 부탁해."

'그런 이유라니… 대체 어떤 이유야? 전혀 근거가 없잖아.'

저도 모르게 태클을 걸고 싶어진 나오토와, 입을 꽉 다문 오우사카를 내버려두고 그들은 자전거 정류장에서 나갔다.

'걱정해 주는 건 기쁘지만…. 하아아….'

그 뒷모습을 한숨과 함께 배웅한 나오토는 이 사태를 어떻게 수습할지 고민했다.

'상대가 오우사카니까 웃을 수가 없단 말이야.'

하지만 어차피 오우사카도 가볍게 흘려들으리라고 생각한 나오토는 페달을 밟았다.

"그럼 오우사카도 조심해. 내일 봐."

기운차게 달려 나가긴 했지만 첫 신호에 걸린 나오토가 브레이크를 걸자 오우사카가 곧장 따라왔다.

그리고 바로 옆에 나란히 서서 불쑥 중얼거렸다.

"의리 없네, 시노미야. 날 내버려 두고 혼자 냉큼 가지 마."

"뭐?"

설마 오우사카에게 '의리가 없다'는 말을 들을 줄은 몰랐다. 나오토는 잠시 자기 귀를 의심했다.

'무슨 일이지. 오우사카, 뭐라도 잘못 먹었나?'

"어차피 중간까지는 같은 방향이잖아. 내가 습격당하지 않도록 제대로 보디가드 부탁해."

순간 나오토는 어떤 표정을 지으면 좋을지 알지 못한 채 할 말을 잃는다.

혹시… 농담일까?

아니면 아까의 복수인 걸까?

어느 쪽이든 평소의 오우사카와 너무 달라서 효과가 어마어

마했다. 나오토는 평소와 다름없이 전혀 표정을 읽을 수 없는 오우사카의 대담하고 진지한 얼굴을 가만히 응시한다.

그러자 흘끗 시선을 흘린 오우사카가 갑자기 말했다.

"…시노미야. 파란 불."

"…응?"

얼빠진 소리를 내며 나오토가 눈을 깜짝이자 오우사카는 가볍게 턱짓했다.

"신호, 파란불이야."

"아…."

"빨리 가자."

재촉당하고서야 나오토는 계속 멍하니 있었다는 것을 깨달았다. 얼굴이 빨개진다.

그리고 황급히 힘차게 페달을 밟으려고 했지만 어째서인지 페달을 완전히 잘못 디뎌서 저도 모르게 굳어 버렸다.

'윽….'

다행히 자전거가 비틀거렸을 뿐 넘어지지 않았지만 멋쩍었다.

'우… 와…. 창피한 일만 겹치네….'

그렇게 생각한 나오토는 이번에야말로 귀뿌리까지 빨갛게 물들였다.

그때 머리 위에서 느닷없이 오우사카의 목소리가 내려왔다.

"뭔가… 엄청난 걸 본 것 같은데."

"…응?"

'엄청난 거라니… 그게 뭐지?'

오우사카가 '엄청나다'고 말할 만한 것….

그게 무엇인지 신경 쓰여서 오우사카의 표정을 살피듯 눈을 올려 뜨고 쳐다보자 어째서인지 시선이 딱 마주쳤다. 게다가,

"늘 여유로운 시노미야가 몸 개그를 하고 귀가 빨개지는 건 처음 봤어. 혹시 그쪽이 평소 모습인 거야?"

놀리는 것이라기보다는 오히려 놀란 말투여서.

아니. 그게 오우사카의 입에서 나온 말이라고 생각하면.

'그건 내가 할 말이야….'

나오토는 공연히 두근두근 뛰기 시작한 심장을 부여잡고 아무 말도 할 수 없게 되었다.

자전거 정류장에서 나카노가 한 쓸데없는 한마디 때문에 아무래도 분위기가 이상하게 어색해져 버렸는지, 평소와는 상황이 너무 다르다.

잠시 나오토와 오우사카의 시선이 엉킨다.

하지만 그것도 지나가는 차의 소음에 끊어지고, 두 사람은 말없이 페달을 밟았다.

도대체 어떻게 된 걸까.

주위의 눈과 나오토가 느끼는 바는 크게 달랐지만 어쨌든 오우사카는 남에게 무관심하고 나오토에게도 어느 정도 거리를 유지하고 있었는데.

그런데 대체 무슨 심경의 변화가 분 걸까…?

혹시 나카노의 '부탁한다'는 발언을 성실히 실행하려는 걸까.

'잠깐만…. 진심이야?'

그렇게 다소 당혹스러워하는 나오토와 나란히 자전거를 달리던 오우사카가 "시노미야. 난 이쪽이야"라고 평소 말투로 말한 건 오오노 교차로보다 훨씬 먼, 타니야마 시가지 외곽의 사거리에서였다.

'사쿠라가오카까지 와버렸어. 괜찮을까… 이렇게 멀리 돌아오게 하다니, 역시 조금 미안한데.'

오우사카가 너무 멀리 와버려서, 나오토 역시 슬슬 어떻게 말을 걸어야 할지 조금 초조해하던 참이었다. 오우사카가 먼저 말을 꺼내 줘서 다행이었다.

"아…. 그럼 내일 봐."

"그래. 그럼."

"고마워, 오우사카. 꽤 멀리 돌아오게 해서… 미안해."

그러자 오우사카는 평소와 전혀 다를 바 없이,

"뭐, 나는 오히려 득 보는 역할이었지. 학교에서는 좀처럼 볼 수 없는 '얼빠진 시노미야'도 볼 수 있었으니까."

웃음기 하나 없는 얼굴로 나오토의 추태를 지적해 주었다.

그렇게 나오니 나오토는 내심 쓴웃음을 흘릴 수밖에 없었다.

'하하하…. 아니… 별로 상관없지만. 나도 오우사카에 대해서는 의외의 발견을 했어.'

그런 한편으로 득 보는 '역할'이라고 확실히 말한 걸 보면, 역시 나카노의 발언에 뭔가 의무감을 느꼈을 거라는 생각이 들어서 미안해졌다.

"조심히 돌아가."

"응. 오우사카도."

그리하여 나오토와 오우사카 두 사람 모두 특별히 헤어짐을 아쉬워하지도 않고 거의 동시에 페달을 밟았다.

그렇게 잠시 똑바로 달리다가 문득 생각한다.

'아아… 그러고 보니 세제가 떨어졌는데. 요 앞에 슈퍼마켓이 있었지. 덤으로 빵이랑 우유도 사두자.'

돈도 그걸 살 만큼은 가지고 있다. 식료품은 또 다른 날 와서 사면 되고.

그렇게 생각하며 나오토는 다음 모퉁이를 왼쪽으로 돌았다.

길은 차 한 대가 간신히 지날 수 있을까 말까 할 정도로 단숨에 좁아지지만 그게 슈퍼마켓까지는 훨씬 가깝기 때문이다.

그리고 경쾌하게 자전거를 달리던 나오토는, 등 뒤에서 육박하는 오토바이 소리를 듣고 먼저 길을 양보하려고 자전거를 약간 오른쪽으로 붙였다.

그때 상대가 스쳐가면서 갑자기 허리를 걷어차서,

'…윽!'

나오토는 자전거째로 벽에 세게 부딪혔다.

한편, 나오토와 헤어져 그대로 단숨에 달려간 오우사카는 내일 아침 과외 수업에 제출할 영어 프린트에 대해 나오토에게 물어보려던 것을 잊었다는 사실을 깨닫고 급브레이크를 걸었다.

하지만 저도 모르게 고개만 돌려 보아도 이미 나오토의 모습은 없다.

'뭐, 집으로 돌아간 다음에 해도 되겠지.'

그렇게 생각을 바꿨을 때 얼굴을 다 가리는 헬멧을 쓴 사람이 오토바이 한 대를 몰고 지나가는 것이 보였다.

그다지 특별할 것도 없는 오토바이이다.

하지만.

오우사카는 어째서인지… 자신도 잘 알 수 없는 이상한 불안을 느끼고 자전거 핸들을 원래대로 돌려 단숨에 페달을 밟았다.

어쩌면 불길한 예감이었는지도 모른다.

오토바이 너머에 나오토의 자전거는 보이지 않는다.

'어라…?'

그렇게 생각한 그때. 오토바이가 갑자기 왼쪽으로 꺾어졌다.

그리고 오우사카가 그 뒤를 따라 마찬가지로 모퉁이를 돌아간 그 순간.

"와장창!"

둔탁한 소리가 들렸다.

'……!'

거기서 느닷없이 오우사카의 시야 전체에 들어온 것은, 얼굴을 다 가리는 헬멧을 쓴 남자가 옆으로 넘어진 자전거에 깔려 쓰러진 나오토를 인정사정없이 걷어차는 모습이었다.

그 찰나, 오우사카의 얼굴에서 핏기가 싹 가신다.

하지만 그것도 한순간일 뿐.

"이… 자식…!"

다음 순간, 오우사카는 격분한 소리를 흘리며 맹렬히 페달을 밟았다.

"이 자식, 무슨 짓이야!"

뱃속에서 울려 나오는 소리로 일갈하고, 당황해서 오토바이에 타려는 남자를 향해 자전거째 엄청난 속도로 달려들었다.

"도망치지 마, 이 자식!"

끽, 퍼어억―.

서로 뒤엉켜 엉망진창이 되고, 오토바이가 넘어지는 둔탁한 소리가 들린다.

그 충격으로 자전거에서 내던져진 순간, 몸 어딘가에 찌르르하고 날카로운 통증이 느껴졌다. 하지만 오우사카는 전혀 신경 쓰지 않고 오토바이에 깔려 신음하는 남자에게 재빨리 달려갔다. 그리고 남자의 헬멧을 빼앗아 멱살을 잡고 후려쳤다.

후지에다 카이토 포토 스튜디오.

방 안에 리듬감 있는 빠른 템포의 음악이 울린다.

그 비트에 맞추어 마치 카메라맨을 도발하듯 시원시원하게. 그리고 흐르는 것처럼 아름다운 포즈로 마사키가 웃는다.

애태우듯 곁눈질하고 요염하게, 때로는 요사스럽게.

혹은 산뜻하게 미소 짓는다.

그때마다 찰칵! 찰칵! 카메라 셔터 소리가 연이어 울린다.

그런 일련의 화려한 포즈를 바라보던 갤러리들 사이에서 호오오… 탄식이 흘러나왔다.

"역시 굉장해…."

"그야 경력이 다르니까요. 저 사람에 비하면 우린 완전히 아마추어라고요. 알아요? 저 사람 워킹 할 때 자세가 딱 잡혀서 끝내주는 거."

"…뭐랄까. 진짜로 오라가 나오는 것 같지 않아?"

"카이토 선생도 신이 난 모양이네. 아까부터 아무 지시도 안 하잖아요?"

"나… MASAKI 씨보다 먼저 찍어서 정말 다행이에요. 이런 걸 보면 자신감 잃고 기죽을 테니까."

지금은 남성 잡지 중 가장 인기 있는 「MERCURY」의 가을 컬렉션 화보를 촬영하고 있다.

남자 다섯 명으로 구성된 아이돌 그룹 '레가이아'가 해산한 뒤, 본격적인 솔로 활동의 첫걸음에 나서며 날아오를 것으로 기대되는 카시마 타카아키를 중심으로, 높이뛰기 선수에서 모델로 전직한 오자키 요우지나 농구선수 토도 타쿠미 등. 지금 가장 주목 받고 있는 이색적인 얼굴들을 내세운 화보라, 당초 예정 시간을 훨씬 넘어서야 간신히 모든 촬영이 끝났다.

비로소 한숨을 돌린 그때, 마치 타이밍을 재고 있었던 것처럼 마사키의 휴대폰이 울렸다.

"네. 마사키입니다."

업무 관계상 전화를 받을 때 마사키는 늘 이름으로 응대한다. 개인적으로 이 번호를 아는 사람은 정말로 소수였고 그게 이래저래 편했기 때문이다.

하지만.

『저기… 저는 오우사카라고 하는데요.』

어딘가 절박한 듯 제 이름을 말하는 남자의 목소리도, 그 이름도 마사키는 전혀 기억나지 않았다.

"오우사카 씨?"

『네. 갑자기 죄송하지만 시노미야 나오토 군을 아시나요?』

갑자기 모르는 사람이 나오토의 이름을 대자 마사키는 미간을 찌푸린다.

'…이 녀석은 누구야.'

"압니다만 무슨 일이죠?"

그만 말투에도 경계심이 깃든다.

그러자 예상과 달리,

『아… 다행이다.』

상대는 정말이지 안심한 듯 한숨을 흘렸다.

『주소록에는 이 휴대폰 번호밖에 없어서…. 이걸로 안 되면 어떻게 할까 했어요.』

'주소록… 이라니, 나오토의?'

그렇게 생각한 마사키의 미간에는 더 깊은 주름이 잡힌다.

『저기, 마사키 씨. 죄송하지만 시노미야의 부모님께 급히 연락하고 싶은데요, 아버지나 어머니의 휴대폰을 알려 주실 수 있을까요? 집에 전화해도 전혀 받지를 않아서….』

순간 마사키는 숨을 삼킨다.

부모에게 급한 연락… 이라니. 대체 나오토에게 무슨 일이 있었던 걸까 싶어서.

그래도 '오우사카'라는 남자의 정체도 모르고 대답할 수는 없다는 생각에 그만 난폭한 말투로 말하게 되었다.

"너는 나오토의 뭐지?"

『아… 죄송합니다. 저는 쇼난 고등학교 학생이고 시노미야와 같은 반 친구예요.』

"…….."

『실례지만 그러는 당신은?』

"나는 나오토의 형이다."

『네…? 형님? …그렇다면, 그… 어떤? 시노미야와는 성이 다른데….』

"시노미야 마사키. 전화를 받을 때에는 업무 사정상 늘 이름을 쓰고 있어."

『아… 그렇, 군요.』

"…그런데? 나오토에게 무슨 일이지?"

『아… 네. 지금 사쿠라가오카의 병원이에요. 하굣길에 조금 사고가 나서… 그래서….』

마사키의 얼굴에서 핏기가 싹 가신다.

'사고… 라니….'

"사쿠라가오카의… 어디? 무슨 병원?!"

『케이세이카이 병원입니다. 전화번호는….』

마사키는 가방에서 펜을 꺼내 테이블 위에 놓여 있는 패션 잡지 한쪽에 병원 이름과 전화번호를 휘갈겨 적었다.

"알았어. 고맙다. 바로 가겠어."

전화를 끊고 휘갈겨 쓴 메모를 찢을 시간도 아까워 잡지를 가방에 집어넣고는, 허둥지둥 몸단장을 하고 방에서 뛰쳐나갔다.

문득 정신이 들자 밤 8시가 넘었다.

그런데 나오토는 아직 돌아오지 않는다.

평소라면 한참 전에 저녁밥이 다 됐다고 문을 두들겼을 텐데.

'…뭐지?'

매주 금요일은 무슨 위원회가 있다고 집에 돌아오는 시간이 다소 늦었기에, 처음에는 별로 신경 쓰지 않았지만…. 이렇게까지 늦으면 유우타도 신경이 쓰이기 시작한다.

설마. 나오토가 하굣길에 친구와 나란히 어딘가로 놀러간다거나 할 리는 없다.

아니. 친구와 밤놀이를 할 정도로 주변머리가 있다면 유우타도 이렇게 안절부절못하지 않을 것이다.

애초에 나오토에게 그렇게 친한 친구가 있는지도 의심스럽다.

휴일에 친구와 어딜 간다든가 하는 모습은 한 번도 본 적이 없고, 그뿐만 아니라 유우타가 아는 한 집에 전화 한 통 걸려 온 적도 없다.

그래서 사실은 착한 애인 척하고 있을 뿐, 친구 따위 한 명도 없는 게 틀림없다고 유우타는 생각했다.

집안 사정이 이렇기도 하고 게다가 남자와…, 친형과 섹스를 하는 비밀을 품고 있으니 평범한 친구 같은 게 생길 리 없다고.

그나저나 너무 늦다.

'칫. 늦게 온다면 전화 정도는 하라고.'

저도 모르게 중얼거리고 문득 깨닫는다.

그러고 보니 6시 넘어서 한 번 아래층 전화가 끈질기게 울렸는데 혹시 그게 그 전화였을까?

그러자 어쩐지 어색한 기분이 들어서 유우타는 작게 혀를 차고 다시 읽던 책으로 눈을 돌렸다.

그리고 잠시 후 페트병에 든 차를 다 마시고 배가 고파진 유우타는 흐리멍덩한 눈으로 시계를 보았다.

10시 38분.

'이런 시간까지 뭘 하는 거야, 정말이지….'

한마디 투덜거린 유우타는 방에서 나간다. 부엌에 가면 뭔가 있겠지 싶어서.

여전히 음식을 먹는 것에 집착하지는 않았지만 그래도 아침 겸 점심인 도시락과 저녁밥만은 꼭 먹게 되어서인지 시간이 되면 조금이나마 배고픔을 느끼게 되었다.

그건 그것대로 유우타의 입장에서는 귀찮은 일만 늘어난 셈이었지만.

일단 냉장고를 열어 본다.

하지만 식욕을 자극할 만한 것은 전혀 없었다.

'우유나 마실까.'

그때 갑자기 전화가 울렸다.

아마 나오토의 전화라 생각한 유우타는 전화를 노려본다.

'이제 와서 너무 늦잖아!'

안 받아야지 생각한다.

어차피 변명 같은 말만 내뱉을 게 뻔하다.

그대로 내버려 두고 우유를 마신다.

하지만 전화가 끈질기게 울려서 유우타는 기왕이면 불평이라도 한마디 하려고 수화기를 들었다.

"여보세요?"

상대가 틀림없이 나오토일 거라고 생각했기에, 불쾌한 기색을 숨기려고도 하지 않았다.

하지만 들려오는 것은 수화기 너머에서 한순간 숨을 삼키는 침묵뿐. 유우타는 점점 더 불쾌해졌다.

혹시 그냥 장난전화인가? 라는 생각에 목소리도 한껏 날카로워진다.

"여보세요? 누구?"

『유우… 타?』

약간 쉰 목소리가 유우타의 이름을 불렀다.

유우타는 눈썹을 확 찌푸린다.

"그런데. 당신 누구야?"

『나…. 사야카야.』

순간 유우타는 숨을 삼킨다.

'누… 나…?'

『잘 지내?』

수화기를 통해 듣고 있어서일까. 몇 년 만에 듣는 사야카의 목소리는 기억과 달리 마치… 모르는 남의 목소리 같았다.

그래서 유우타는 뭐라고 대답하면 좋을지… 망설였다.

『…유우타?』

"뭐야?"

『그러니까… 잘 지내?』

"일단 살아 있어."

그러자 수화기 너머에서 깊은 한숨이 들렸다.

그게 공연히 과장스럽게 들리는 건 기분 탓일까.

"그런데? 뭐야? 그런 걸 물어보려고 일부러 전화한 거야?"

그만 쌀쌀맞고 가시 돋친 말투가 되는 것은 사야카도 아버지와 마찬가지로 아무 말 없이 자신을 이 집에 버리고 갔다고 생각하기 때문이다.

모두가 자신만 따돌린다.

유우타에게는 그런 뿌리 깊은 불신이 있었다.

그 가시 돋친 말투에서 무언가 느꼈는지 사야카는 낮은 톤으로 물었다.

『…나오는? 거기 있어?』

"나오 쨩? 아직 안 왔어."

그러자 사야카는 잠시 침묵하다가,

『늘 이렇게 늦어? 그 애 혹시 아르바이트라도 해?』

묘하게 의미심장한 말투로 말했다.

그게 은근히 거슬렸던 유우타는,

"마사키 형이 나오 쨩한테 아르바이트 같은 걸 시킬 리가 없잖아. 나오 쨩을 애지중지하니까. 쓸데없는 벌레가 달라붙지 않도록 마사키 형이 여기저기 살충제를 뿌려대고 있어."

사야카에게 '마사키'의 이름이 금지어가 되었으리라는 것을 알면서 일부러 내뱉는다.

생각대로 사야카는 입을 딱 다물어 버렸다.

사실은 나오토가 자기 것이라고 소유권을 주장하고 이 집에서 섹스라는 이름의 '마킹'을 하고 있다는 걸 알면 사야카는 어떻게 생각할까.

"애초에 나오 쨩 같은 공부벌레가 아르바이트를 할 리가 없잖아. 평소에는 일찍 돌아와서 저녁 먹고 잘 때까지 내내 공부해. 오늘은 무슨 위원회인지가 있는 날이니까, 그런 김에 어디

가서 놀고 있는 거 아냐?"

『이런 시간까지 전화도 없이?』

"뭐야? 의미심장하게 말하지 마. 나오 쨩에게 볼일이 있으면
내일 걸어."

『유우타. …너 TV 뉴스 안 봤어?』

"TV 같은 거 안 봐. 시시하니까. 신문은 가끔 보지만."

『아까 뉴스에서 요즘 자전거로 통학하는 남학생들만 노리던
폭행범이 잡혔다고… 나왔어.』

"그게 뭐? 누나 설마… 그 폭행범이 나오 쨩이라고 생각하는
거야?"

유우타가 완전히 바보 취급하는 말투로 말하자 사야카는 생
각지도 못한 말을 했다.

『아냐. 그 폭행범에게 습격당해서 다친 게 치즈카에서 쇼난
고등학교까지 다니는 학생이라고 해서….』

"뭐…?"

유우타는 한순간 할 말을 잃는다.

『설마… 그럴 리는 없겠지만. 조금 신경 쓰여서….』

잠시 사야카의 목소리가 멀어진다.

『…타! 저기, 유우타, 듣고 있어?』

"아? …어? 뭐야?"

입을 통해 나오는 소리도 묘하게 쉬어 버렸다.

『따로 어디서 전화 온 덴 없어?』

"…없어."

『그래…. 그럼 다행이지만….』

사야카의 말투도 이상하게 자신이 없다.

『무슨 일이 있으면 경찰이나 병원에서… 연락 왔을 테니까.』

마치 기우에 지나지 않는다고 자기 자신을 타이르는 듯했다.

『그럼 이제 끊을게. 아… 유우타. 나오에게는 내가 전화했다고 말하지 마. …오빠… 에게도. 비밀이야.』

그렇게 당부하고 사야카는 전화를 끊었다.

하지만 두근두근 뛰는 유우타의 심장은 가라앉지 않는다.

'설마… 아니지? 아니겠지?'

그 연속 폭행 사건은 유우타도 알고 있다. 나오토가 다니는 쇼난 고등학교에서도 이미 두 명의 피해자가 나왔다는 사실도.

치즈카에서 쇼난 고등학교까지 자전거로 다니는 사람이 몇이나 되는지 모르지만 설마 하필이면 나오토가 운 나쁘게 걸릴 리가 없다.

'어쩌다가 신나게 놀고 있는 것뿐이겠지? 그렇지, 나오 쨩… 그런 거지?'

그렇게 생각하고 거실 시계를 본다.

이제 곧 11시.

나오토는 아직 돌아오지 않는다.

'뭘… 뭘 하는 거야. 바보… 나오, 전화라도 걸란 말이야!'

유우타는 입술을 깨물고 나오토를 욕하며 수화기를 노려봤다.

파문

그날 아침, 쇼난 고등학교 자전거 정류장은 그 화제로 평소보다 술렁였다.

"야, 들었어?"

"어? 뭘?"

"뭐야, 너 몰라? TV 안 봤어?"

"봤어, 봤어, 10시 뉴스 말이지?"

"오늘 아침 신문에도 나왔어."

"그거 틀림없이 시노미야 얘기지."

그런 가운데 평소와 같이, 하지만 도저히 경쾌하다고는 말하기 어려울 정도로 느릿하게 핸들을 움직이며 오우사카가 나타났다.

"…헉."

"뭐야… 저거."

"우… 와… 무서워라…."

"오우사카 녀석… 어떻게 된 거야? 엉망진창이잖아."

평소와는 달리 흉악하다는 말밖에 나오지 않는 분위기를 뿜는 그 얼굴을 보고, 모두 잔뜩 겁을 집어먹고 멍하니 숨을 삼킨다. 술렁이던 자전거 정류장이 확 얼어붙었다.

그런데.

오우사카가 오기를 기다리고 있었던 것으로 보이는 나카노와 야마시타가 그런 무거운 공기를 휙 날려 버릴 기세로 다가오더니, 어쩐지 굳은 얼굴로 억지로 오우사카를 납치했다.

"야! 오우사카!"

"잠깐 할 얘기가 있어. 따라와."

어제 있었던 사건은 어젯밤 TV 뉴스에 나왔다. 오늘 조간신문에도 자세히 보도되었다.

동기도 관계성도 알 수 없고, 일종의 쾌락 범죄 같던 흉악한 연속 폭행 사건의 용의자로 보이는 소년이 구속되었다는 뉴스는, 요즘 가장 뜨거운 관심사였던 것이 여실히 드러날 정도로 크게 다뤄졌다.

아무래도 나오토의 이름까지 나오지는 않았지만. 그래도 지방지에서는 먼젓번 피해자와 마찬가지로 학교명과 학년, 치즈카시에 산다는 나오토의 프로필이 다뤄졌다. 범인과 격투하여 붙잡은 친구가 있다는 사실도.

그렇다면 그 정도만으로도 누가 피해를 입었는지 아는 사람은 안다.

애초에 격투한 친구가 누구인지, 거기까지 분명히 확신할 수 있는 사람은 두 명밖에 없었지만.

어제 그런 일이 있은 뒤이니, 두 사람의 얼굴을 본 순간 왜 흥분해서 자신을 기다리고 있었는지 알아챈 오우사카는 불평 한마디 없이 끌려간다.

자전거 정류장에 있던 학생들은 그 모습을 보고 더 믿기 어려운 걸 보는 표정을 짓기는 했지만.

'뭐지?'

'어떻게 된 거야?'

'대체 무슨 일이 있었던 거야?'

주위의 수상쩍게 얼어붙은 시선을 뿌리치고 다짜고짜 오우사카를 납치해 온 것까진 좋았지만, 반창고와 붕대가 감긴 얼굴이나 손에 든 엄청난 멍 때문에 평소에도 대담하던 오우사카의 얼굴은 더 흉악한 인상으로 변해 있었다. 그 모습을 가만히 보던 나카노와 야마시타는 뭐라 말할 수 없는 복잡한 표정을 지었다.

"뭔가… 엄청나게 흉악한 얼굴이네, 오우사카."

"진짜 시노미야인 거야?"

나카노도, 야마시타도. 설마 자신들이 불안해서 했던 말이 멋지게 적중해 버릴 줄은 꿈에도 생각지 못했을 것이다.

어제 돌아갈 때 거의 억지로 나오토에게 오우사카를 떠민 것은, 굳이 말하자면 안전을 담보하는 보험이었는데. 자신들이 '그걸' 말해서 오히려 재앙을 끌어들인 게 아닐까… 싶어서. 두 사람의 입장에서는 굉장히 뒷맛이 나빴다.

"…그런데 시노미야는? 괜찮아?"

야마시타가 조심스럽게 묻는다.

"타박상이랑 조금 삐었어."

그러자 두 사람은 목숨에 지장은 없어서 다행이라는 표정으로 깊은 한숨을 쉬었다.

실제로 피해를 입은 소년들 중 몇 명은 아직도 의식불명의 중태이거나 복합골절을 당해 장기 입원을 해야만 하는 상태였다.

게다가 운 좋게 중상을 면했다 해도, 불의의 사고라기에는 너무나 흉악한 사건에 휘말린 소년들이 받은 정신적 충격은 헤아릴 수 없다.

하지만.

오우사카는 자신의 말처럼 나오토의 병세가 가볍지 않다는 사실을 알고 있다.

벽에 격돌한 충격으로 자전거는 엉망진창 일그러졌고, 그때 옆머리를 부딪혀서 생긴 것으로 보이는 혈흔도 생생하게 벽에 묻어 있었다.

걷어차여 비명도 지르지 못하고 정신을 잃은 나오토의 피투성이가 된 창백한 얼굴을 떠올리면 오우사카는 지금도 소름이 끼친다. 휴대폰 따위 평소에는 있으나 없으나 마찬가지였지만 그때만큼 가지고 다니길 잘했다고 생각한 적이 없었다.

애초에 구급차를 부르는 손이나 목소리는 평소의 자신을 볼 때는 상상도 할 수 없을 정도로 볼썽사납게 굳어 있었지만.

"하지만 다행이야. 오우사카가 제대로 시노미야를 지켜 준 거잖아."

"정말로. 만약 오우사카가 없었다면…. 그렇게 생각하니까 소름이 끼쳐."

"…그보다 오우사카도 습격당한 것치고는 별로 다친 데가 없어서 다행이야."

"…그래. 아무튼 범인이 잡혀서 일단 안심했어."

나카노도 야마시타도 운 나쁘게 둘이 나란히 연속 폭행범에게 습격당했다고 생각하는 모양이다.

하지만 오우사카는 굳이 그 착각을 고쳐 줄 생각은 없었다.

어제부터 조사를 받느라 내내 말해야 했다.

그것도 같은 말만 몇 번이고, 몇 번이고….

그 때문에 오늘 아침에는 목까지 아팠다.

차라리 오늘은 쉬어 버릴까라고 생각할 정도로 기분도 최악이었다.

하지만 방에 틀어박혀 있으면 나오토의 축 늘어져 창백해진 얼굴이나, 피 묻은 머리카락 같은 게 맥락 없이 떠올랐다가 사라져서….

사실 어제도 이상하게 잠이 오지 않아서… 아니, 이상하게 피가 들끓어서 몸은 지쳤는데 좀처럼 잠들지 못했다.

그렇다면 차라리 학교에라도 가서 기분전환을 하는 편이 낫다고 생각했는데 자전거 정류장에서 나카노와 야마시타에게 납치당할 줄은 몰랐다.

그래도 오우사카는 한 가지 확신하는 게 있었다.

그건 아마 처음부터 나오토만을 노린 것이다. 그 증거로 그 남자는 자신은 보지도 않고 나오토의 뒤를 따라갔다.

공교롭게도 나카노가 말한 것과 같다. 어떤 핑계를 댈지는 모르지만, 범인은 사냥할 '사냥감'을 선택하고 있는 것이리라.

어쩌면 용의주도하게 조사까지 해두었는지도 모른다.

그러니까 아마도… 어제는 방해꾼인 자신과 나오토가 헤어질 기회를 초조하게 노리고 있었을 게 틀림없다.

그렇게 생각하면 오우사카는 더욱 편집적인 것으로 느껴져서 욕지기가 치밀었다.

"아직 안심할 수 없어. 그렇게 화려하게 저질렀잖아. 한 명이라는 보장은 없지."

"그야 그렇지만…. 아무튼 한 명을 잡았다는 건 큰 진척이라고 생각해."

"그래. 그 녀석을 시작으로 줄줄이 잡힐 가능성도 있으니까."

항간에서는 마치 '게임'처럼 다발하는 사건을 보면, 폭행범은 단독범이 아니라 복수의 공범일 것이라고 했다.

범인, 혹은 범인 그룹이 어떤 기준으로 목표물을 골랐는지는 모르지만 적어도 오우사카는 그게 어쩌다가 저지른 충동적인 범행이라고 생각할 수 없었다.

만약.

그때.

돌아보지 않았다면….

그렇게 생각하면 뭔가, 눈에 보이지 않는 것이 자신을 끌어당긴 게 아닐까…란 생각까지 들어서 오우사카는 새삼스럽게 범인에 대한 분노가 부글부글 끓어올랐다.

"그런데 너흴 습격한 녀석은 어떤 녀석이야?"

"세상을 얕보는 쓰레기 낙오자."

오우사카답지 않게 감정을 드러내고 내뱉는다.

그러자 치켜 올라간 눈초리가 더 흉악해져서 나카노도 야마시타도 그만 흠칫 물러났다.

동시에.

말로 하지 않을 뿐 평소에 냉정한 포커페이스를 무너트린 적이 없는 오우사카를 이렇게까지 화나게 만들 수 있는 '쓰레기 낙오자'란 대체 어떤 녀석이지 하고 흥미가 일었지만.

그렇게 말하면 오우사카의 얼굴이 더 험악해질 것 같아서….
두 사람은 누가 먼저랄 것도 없이 서로의 안색을 힐끔 살피고 내심 깊은 한숨을 흘렸다.

새삼스러운 이야기지만 오우사카는 아직도 부글부글 끓어오르는 불쾌한 기분이었다.

자전거로 들이받아 뒤엉켰을 때 그 녀석은 쓰러진 오토바이에 깔리며 다리가 부러져, 나오토와 같은 병원으로 실려 갔다.

그런데 그 녀석은 자기가 한 짓은 나 몰라라 하고, 자기 뼈가 부러진 건 오우사카가 폭행해서라고 내키는 대로 지껄여댔다. 그것도 모자라,

"쳇. 실수했구만. 이렇게 될 줄 알았다면 쇠파이프로 저 녀석의 머리를 깨부술 걸 그랬지."

태연히 그런 말까지 내뱉었다. 그 바람에 머릿속 혈관이 끊어진 오우사카가 그 녀석의 목을 조르고 후려치려 해서 함께 있던 간호사와 경관 셋이 달려들어 떼어놓았다.

원래 오우사카는 흥분한다고 바로 이성을 잃고 날뛰는 스타일이 아니다. 하지만 이런 쓰레기 자식 때문에 나오토의 인생이

뒤틀려 버렸을지도 모른다고 생각하면 분노를 넘어서 과격한 감정이 치미는 것을 막을 수 없었다.

나카노와 야마시타는 사건의 경위나 나오토의 상태에 대해 좀 더 자세히 듣고 싶은 모양이었지만 운 나쁘게도 과외 수업의 시작을 알리는 예령이 울렸다.

"아… 젠장. 종이 울려 버렸네."

"오우사카. 너 오늘 방과 후에 시간 있어?"

"있지만… 왜?"

"시노미야의 상태를 알고 싶기도 하고…. 돌아갈 때 같이 가지 않을래?"

그러자 오우사카는 잠시 침묵하다가 말했다.

"문병이라면 당분간은 안 가는 게 좋을 거야."

"어? 왜?"

"어제 그런 일이 있었잖아. 좀 더 안정이 된 다음에 가는 게 좋지 않을까?"

"아… 그런가. 역시 상당히 충격을 받았을 테니까."

"시노미야의 상태가 궁금하긴 하지만, 괜히 문병이랍시고 신경 쓰게 만들면 곤란하겠지."

그 후의 상태를 알고 싶은 건 오우사카도 마찬가지였지만 가족도 아닌 한 당분간 문병은 삼가는 쪽이 예의일 것이다.

특히 어제는 한밤중까지 매스컴도 많이 모였었다. 그때 일을 생각하면 오우사카도 지긋지긋했다.

"들었어?"

"그 녀석들, 대표 위원회 마치고 돌아가다 습격당했다면서?"

"뭔가… 다른 대표 위원 녀석들, 나중에 듣고 잔뜩 겁을 먹었다더라고."

"…그게, 그 폭행범을 잡은 게 오우사카라던데?"

"뭐어어?! 거짓말…."

"그래서 1교시부터 계속 교장실에 불려가 있대."

"진짜?"

"형사도 왔다고 들었어. 오우사카가 싸움질이라도 했나 싶었는데."

"나도. 얼굴도 그러니까. 설마 이런 일이 일어날 줄 몰랐지."

"하지만 그 녀석들 같은 방향이 아니지 않아?"

"그, 시노미야는 집이 치즈카잖아? 그래서 어쩌면 위험할지도 모른다고 오우사카가 지켜 준 게 아닐까라고…."

"야성의 감이라는 거야? 역시 오우사카는 범상치 않아."

"오우사카는 역시 시노미야를 지키는 케르베로스가 맞았군."

"그 녀석, 가라테 달인이잖아? 혹시 범인을 반쯤 죽여 버린 거 아냐?"

"그랬어도 뭐 어때. 아무도 동정하지 않을 텐데."

"그래그래. 이름이랑 얼굴만 알면 뭇매를 때리고 싶은 사람이 한가득 있을걸?"

"있잖아, 오우사카 군 역시 대단하지 않아?"

"알아. 시노미야 군을 구하려고 범인이랑 격투했다면서?"

"그럼 다친 건 범인과 격투하다 입은 명예로운 부상인 거야?"

"…그렇대."

"시노미야 군을 목숨을 바쳐 지킨 히어로구나."

"꺄아아♡ 대단해…. 어쩐지 드라마 같아."

"그런 말 하면 욕먹을걸?"

"그래. 이런 때에 하긴 부적절한 말이야."

"…미안해."

"그것도 그렇지만, 시노미야 군의 숨은 팬도 꽤 있으니까. 다들 충격 받지 않았을까?"

"…그래?"

"응. 뭐랄까, 다른 남자랑 전혀 다르다고나 할까… 굉장히 분위기가 있잖아? 꺅꺅거리면서 드러내 놓고 좋아하는 애는 없지만, 인기 있어."

"하지만 그림의 떡이잖아."

"아, 나도 그 말 들은 적 있어. 뭐랄까, 시노미야 군 주위를 남자들이 둘러싸고 있어서 손도 못 댈 것 같아."

"그거…. 혹시 나카노 군이나 야마시타 군 얘기야?"

"좋은 남자 주위에는 결국 좋은 남자가 모이는 걸까. 거기에 결정타가 그 오우사카 군이라니. 여자들은 승산이 없잖아?"

"그렇게 따지면 이번 반대표 위원도 엄청난 멤버들이긴 해. 눈 보신이 된다고 할까?"

"그래서 3학년이 주눅 들어서 시노미야 군을 괴롭히다가, 오히려 오우사카 군에게 호되게 당하고 움츠러들었대."

"하지만 시노미야 군, 괜찮을까. 혹시 잘못 부딪혀서 키타 고등학교 1학년 애처럼 반신불수라도 되어 버렸으면 어떻게 해."

그날.

오우사카가 자기 무용담을 의기양양하게 떠들고 다닐 필요도 없이, 점심시간이 끝날 무렵에는 이미 오우사카의 '얼굴'과 '이름'이 새로운 '두려움'과 '상찬'의 폭풍이 되어 학교 구석구석까지 퍼졌다.

특별히 규약으로 정해져 있는 건 아니지만, 대표 위원은 보통 어느 반이나 '남녀' 조합으로 구성된다. 그래서 유일하게 이색적으로 '남남' 커플인 나오토와 오우사카의 이름과 얼굴은 당사자들이 모르는 사이에 여기저기 알려져 있었다. 하지만 이번 사건으로 오우사카의 대명사이기도 했던 '2학년 7반의 케르베로스'라는 별명은 그날부터 그대로 '시노미야 나오토의 수호신'으로 바뀌어 버렸다. 물론 뒤에서 은밀하게… 이긴 했지만.

방과 후 오우사카가 자전거 정류장에 오자 등교할 때처럼 나카노와 야마시타가 기다리고 있었다.

"여어, 수고했어."

나카노가 입을 열자마자 진지한 표정으로 오늘 하루의 노고를 위로한다.

그러자 오우사카는 노골적으로 얼굴을 찌푸렸다.

"혹시나 싶어서 말해 두는데 우리가 퍼트린 건 아니거든?"

결국 그 말이 하고 싶었는가 생각하며 오우사카는 한마디 툭 흘렸다.

"…알아."

당연히 오우사카의 기분은 등교할 때보다 더 악화돼 있었다.

파란만장한 아침 과외 수업이 끝난 뒤 아침 조회도 하는 둥 마는 둥 한 오우사카가 교장실로 불려갔다는 것은 이미 주지의 사실이었다.

처음에 같은 반 친구들은 그 흉악한 얼굴을 보고 오우사카가 누군가와 싸움이라도 해서 설교를 듣고 있는가 보다 했지만.

그 후로 긴급 직원회의가 열리고 모든 반이 연이어 자습에 자습을 반복했다.

거기다 이전에 피해를 입은 소년의 가족이나 형사들까지 와서 그때마다 학생주임이 오우사카를 부르러 왔다.

그 무렵이 되자 누가 먼저랄 것도 없이,

"오우사카가 다친 건 어제 그 사건이랑 관계가 있나 봐."

속삭이기 시작하고.

나아가서 "역시 시노미야와 함께 있다가 습격당한 거 아냐?"
라며 나오토와의 관계가 언급되고.

끝내는 "그 폭행범이랑 격투한 게 오우사카래"란 식으로 소
문은 소문을 불러 단숨에 퍼졌다.

몇 번이고 호출당한 오우사카는 그때마다 지긋지긋할 정도로
집요하게 사건 경위에 대한 질문을 받았다.

어제도 병원에서 경찰관이 끈질기게 몇 번이고 같은 말을 물
어서, 슬슬 짜증이 날 뻔한 경험을 오우사카는 떠올린다.

어쨌건 오우사카는 어제의 사건 아니, 세상을 뒤흔든 연속 폭
행 사건의 유일한 목격자이자 그 폭행범을 현행범으로 잡은 당
사자이기도 하다.

경찰과 학교 관계자가 조사에 열을 올리는 건 어쩔 수 없을지
도 모르지만 같은 얘기를 몇 번이고 말하기가 슬슬 지긋지긋해
져서, 차라리 자기가 알고 있는 걸 녹음해 둘 테니 그걸 들어 달
라고 말하고 싶어졌다.

그때는 폭행범을 잡는 데 집중하느라 타박상도 긁힌 상처의
아픔도 느낄 여유가 없었지만 오늘은 역시 몸과 마음 모두 지쳐
버렸다.

그날 밤.

평소보다 일찍 목욕을 하고 그대로 침대에 누워 어느 틈엔가 졸고 있을 때 갑자기 휴대폰이 울렸다.

문자가 아니라 전화였다.

한순간 움찔하고 손을 뻗어 침대 머리맡에 둔 휴대폰을 든다.

"…여보세요?"

잠들려던 차에 깨어나서 그만 불쾌하고 날카로운 목소리로 말했다.

『아… 미안해. 혹시… 잤어?』

수화기 너머에서 미안해하는 목소리가 들렸다.

익숙하지만 기억하는 말투와는 다르다. 평소보다 훨씬 패기가 없는, 쉰 목소리.

'혹시….'

아니. 하지만….

"시노미야?"

그 녀석은 지금 병원 침대에 있을 텐데… 라고 생각하자 되묻는 목소리도 어쩐지 망설이는 투가 되었다.

『응. …나야.』

그때 오우사카는 벌떡 일어났다. 나오토에게서 전화가 왔다고 생각하니 잠기운이 단숨에 날아가 버렸다.

"너… 괜찮아? 전화해도 돼?"

『뭐, 그럭저럭….』

그래도 숨이 거칠다.

"그럭저럭이 아니잖아. 무리하지 마."

『괜찮다니까. 허가도 받았어.』

"진짜야?"

『응. 5분만….』

5분….

그래도 상당히 무리하고 있을 거라 생각하니 내심 무거운 한숨이 흘러나왔다.

그 순간.

『오우사카… 고마워.』

뭐라고 대답하면 좋을지….

오우사카는 저도 모르게 대답할 말이 궁해져서 굳어 버렸다.

『꼭, 그 말은 하고 싶어서….』

"그런 건…."

애초에 말을 잘하는 스타일이 아니지만 할 말을 못 해본 적은 없다.

그런데 막상 이런 때에는 쓸 만한 말 하나 나오지 않는다.

그게 한심하고 답답해서… 오우사카는 작게 입술을 깨문다.

『범인… 잡아… 줬다면서?』

"…그래."

『그쪽은? …어때? 안… 다쳤어?』

"괜찮아. 실수는 안 했어."

『…다행이다.』

중얼거리는 소리가 깊이 내뱉는 숨결에 겹쳐 당장이라도 꺼져 버릴 것 같았다.

그게 애처로워서… 오우사카는 이를 꽉 악물었다.

그래도 말없이 있자 침묵이 공연히 무겁게 느껴졌다.

'겨우 5분….'

그 생각을 하면 말없이 있기가 아까웠다.

하지만 뭘 어떻게 말하면 좋을지 알 수가 없다.

"나카노가… 걱정하더라."

일단 생각난 말을 한다. 자기 마음을 정리해서 말을 고르는 것보다 훨씬 쉬웠기 때문이다.

『…응.』

"야마시타도."

『뭐라고… 했어?』

"응…. 당장이라도 문병하러 갈 것 같았는데 그 녀석들 시끄러우니까. 침대 옆에서 와글와글 떠들어대면 네가 푹 잘 수도 없잖아? 그래서 좀 더 있다가 가라고 했어."

그러자 쿡쿡… 하고 귓가에서 웃음소리가 울렸다.

부드럽지만 어딘가 열기가 담긴 숨결처럼 상기된 웃음소리.

『…그래…. 금방… 부활할 거라고. 그렇게 말해 줘.』

속삭이는 말 한마디 한마디가 어째서인지 머릿속까지 스며드는 것 같아서… 오우사카는 저도 모르게 휴대폰을 귀에 착 붙였다. 상기된 나오토의 목소리를 한마디도 놓칠 수 없어서.

그러자 머리 저편에서 어렴풋이, '나오' 하고 부르는 소리가 들렸다.

『…응. 조금만… 더….』

누군가에게 대답하는 나오토의 목소리.

『미안해, 오우사카. 더 여러 가지… 얘기하고 싶었는데….』

"시간이 다 된 거지?"

『…어쩔 수 없지. 약속… 했으니까. …그럼. 잘 자.』

그리고.

통화는 뚝 끊어졌다. 몹시 안타까운 여운만을 남기고.

오우사카는 휴대폰을 끊고 원래 자리로 돌려놓은 뒤 그대로 침대에 엎어졌다.

"시노미야 녀석… 무리하긴."

그 생각을 하면 새삼스럽게 깊은 한숨이 흘러나왔다.

아직 사흘째. 몸 상태도 최악일 텐데.

"남의 걱정을 할 상황이냐."

오우사카의 뇌리에는 피투성이가 되어 축 늘어진 나오토의 창백한 얼굴이 선했기에, 나오토의 정신이 돌아와 직접 그 목소리를 들은 것만으로도 정말이지 안심했다.

그리하여 깨닫는다. 나오토와의 거리감이 어느 틈엔가 사라져 버렸다는 것을.

나오토를 안 것은 입학식 때였다.

솔직히 오우사카는 남에게 관심이 없다.

유치원 시절부터 세 살 연상인 형과 가라테 도장에 다니기 시작했다.

비슷한 나이의 아이들과 가치관이 전혀 다르다는 점을 안 것은 초등학생 때였다. 주위보다 머리 하나쯤 더 큰 중학생이 되자 모두가 한 걸음 뒤로 물러났다.

협조성이 없다는 말을 듣는 것도 익숙했다. 겉도는 편은 아니었지만 반에서 혼자 동떨어져 있다는 것도 알고 있었다.

그래도 도장에 가면 마음 맞는 친구가 있었고 귀여워 해주는 선배도 있었다. 게다가 무엇보다 자신에게는 '가라테'라는 또렷한 목표가 있었기에 학교에서 겪는 일이 쓸쓸하다고 생각한 적은 한 번도 없었다.

그래서 별로 친구가 필요하지도 않았고 필연적으로 남에 대한 흥미도 없어졌다.

그런 오우사카가 왜 수많은 신입생들 중 나오토만을 기억하고 있는가 하면.

어머니와 나란히 교문으로 들어온 학생들이 모두 약간 긴장한 듯 강당 앞 광장에 모여 있을 때, 들떠 술렁이는 분위기 속에서 나오토만이 다른 사람들과는 이질적인 분위기를 띠고 있었기 때문이다.

같은 중학교 출신의 아는 사람이 한 명도 없는지 그는 혼자 홀연히 있었다.

그는 정말로 외톨이였다.

평소에는 어머니와 나란히 걷는 일조차 거추장스럽게 생각하던 오우사카조차 입학식 당일에는 어머니와 함께 있었지만, 그의 곁에는 그런 어머니의 모습조차 없다.

그렇다고 그걸 슬퍼하거나 불안해하는 것 같지도 않았다.

그는 그저 매우 자연스럽게 아니, 늠름하게 앞을 바라보며 그곳에 서 있었다.

애초에 같은 반이었던 것도 아니다. 나름대로 인상 깊었지만 그게 오우사카의 내면에서 뭔가를 끌어내거나 한 건 아니었다. 그의 이름이 '시노미야 나오토'라는 사실을 안 것도 훨씬 나중 일이었고.

시노미야 나오토는 대인관계가 매우 좋았다.

하지만 자신을 대하는 나오토의 태도에 약간의 위화감을 느낀 것은 같은 반이 된 뒤부터다.

처음에는 역시 이 녀석도 다른 녀석들과 같은 건가⋯ 라고 생각했다.

오우사카는 나름대로 자신이 주위에 일종의 위압감을 준다는 사실을 알고 있었다.

딱히 일부러 위협하는 건 아닌데. 고등학생이 되니 자신을 보는 주위 시선의 수준이 단숨에 한 단계 위로 올라가 버린 듯한 기분도 든다.

여전히 뛰어난 체격도 그 이유 중 하나겠지만, 역시 풀컨택트 가라테로 알려진 신도류 가라테의 문하생이라는 직함과 어디를 보아도 귀여운 구석이라곤 없는 퉁명스러운 얼굴 때문이리라.

그래서 나오토도 역시 그런 선입견이 강한 거라고 생각했다.

그날.

앞서가는 나오토의 어깨를 등 뒤에서 잡고 말을 걸었을 때, 갑자기 움찔 굳어 버려 농담으로 넘길 수 없는 창백한 표정을 짓는 모습을 보기 전까지는.

그건 매번 경험한, 익숙한 감정의 발로가 아니었다. 한순간 크게 뜨인 두 눈에 담긴 것은 명확한 두려움… 이었다.

늘 완벽하게 가장하고 있던 나오토의 가면 아래에 숨겨져 있던 맨얼굴.

"오우사카… 갑자기 소리도 없이 다가오지 마. 내 연약한 심장이 부서질 것 같잖아."

나오토는 바로 어색한 쓴웃음을 띠고 그 상황을 얼버무렸다. 그는 약간 경련하는 입술 끝으로 떨리는 숨결을 눌러 죽이고 있었다. 그때 오우사카는 나오토가 품고 있는 '무언가'를 얼핏 본 것 같은 기분이 들었다.

그게 무엇인지는 확실히 알 수 없었지만 자신의 무언가가 나오토의 '그것'을 자극하는 것이리라.

중학교에서도 고등학교에서도 반 친구들은 여전히 서먹서먹하게 군다. 오우사카에게는 이미 익숙한 광경이었다.

그런데 그중 나오토만이 매우 자연스러운 태도로 접한다.

'그 한순간'이 완전히 착각이 아니었을까 싶을 정도로 나오토의 태도는 전혀 변함이 없었다.

그래서라고 단정할 수는 없지만, 그게 오히려 오우사카의 시야 안에서 '시노미야 나오토'라는 존재를 눈에 띄게 만들었는지도 모른다.

물론 은근히 의식하면서도 적극적으로 엮이고 싶다고는 생각하지 않았지만.

그런데 결국 완전히 엮여 버렸다.

'왜… 일까.'

그 생각을 하면 오우사카는 한숨밖에 나오지 않았다.

그리고 그런 나오토를 '나오'라고 부른 인물을 떠올리고 더 깊은 한숨을 내뱉었다.

"그건 역시 시노미야의 형… 이겠지."

그때 병원에서.

간신히 휴대폰으로 나오토의 형과 연락이 되어 안심한 오우사카는 그 후로 약 2시간 동안 하염없이 기다려야만 했다.

그동안에도 연이어 구급환자가 이송되어 온다. 그걸 곁눈질하며 오우사카의 신경은 점점 날카로워졌다.

시노미야 가문의 가정 사정을 모르는 오우사카는 그 시점에 마사키에게서 이미 부모에게 연락이 갔을 거라고만 생각했다. 그래서 아무리 시간이 지나도 오지 않는 부모에게 짜증스러움을 넘어서 분노까지 느끼기 시작하고 있었다.

'시노미야의 부모님은 뭘 하는 거야. 아들이 큰일을 당했다고. 바로 날아와야 할 거 아냐!'

그러는 동안 경찰관이 끈질기게 이것저것 심문하여 오우사카도 슬슬 분노가 폭발할 뻔했다.

바로 그때.

구급차를 타고 온 가족의 안부를 걱정하는 사람들로 가득한 대합실 로비가 갑자기 술렁였다.

'…뭐야.'

따라서 멍하니 시선을 돌린 오우사카는 그때 무겁게 소용돌이치는 음울한 분위기를 날려 버릴 정도로 화려한 미모의 남자가 험악한 표정으로 걸어오는 모습을 보았다.

'외국인? …아니, 혼혈인가?'

약간 곱슬곱슬하고 긴 머리카락을 느슨하게 하나로 묶고 일동을 노려보듯 로비를 훑어보는 그 모습은 완벽한 모델 체형이었다. 복장 하나만 해도 그 미모가 충분히 돋보일 정도로 멋지고 세련되었다. 그 장소에 너무 어울리지 않아 혼자 동떨어져 보인다기보다는, 오히려 그 강렬한 시야의 흡인력으로 한순간 이곳이 응급실 대합실이라는 사실을 잊어버릴 정도였다.

모두 멍하니 그를 응시하고 있었다.

오우사카도 날카로운 기분조차 한순간에 날아가 버릴 정도로 박력 있는 미남은 처음 보았다.

그 눈이 어째선지 자신에게 딱 멈추자 그답지 않게 움찔했다.

잠시 동안 얽히는 시선이… 아프다.

'…뭐지?'

마치 그 두 눈에 주박 당해 버린 양 오우사카는 숨을 죽였다.

그러자 그는 뭔가를 확신한 듯 오우사카를 바라보며 똑바로 다가왔다.

그리고 딱 오우사카의 앞에서 걸음을 멈추더니,

"오우사카… 군?"

차분하고 깊이 있는 목소리로 불렀다.

오우사카는 한순간 당황한다. 이 일본인 같지 않은 미모의 남
자가 유창한 일본어로 자기 이름을 부르자 마치 농담 같아서….

"아… 네. 그런, 데요…."

"늦어져서 미안해. 시노미야 마사키다. 나오토는… 어디에?"

그 사실을 들은 오우사카는 다시금 말을 삼켰다.

'시노미야의… 형? 이 녀석이?'

말을 들었지만 바로 받아들이기 어렵다.

'거짓말.'

'왜?'

'진짜로?'

그런 진부한 말만이 떠올랐다가 사라진다.

"오우사카 군?"

다시 이름을 불린 오우사카는 화들짝 놀란다.

멍하니 있을 상황이 아니다. 자신이 정신을 놓으면 어떻게 한
단 말인가.

그 생각에 이를 악물고 오우사카는 어색하게 일어선다. 그러
자 둔탁한 아픔이 치밀어 저도 모르게 얼굴을 찌푸렸다.

마사키가 곧바로 그 팔을 잡고 자연스럽게 부축했다.

"괜찮아?"

"괜찮습니다."

'시노미야에 비하면 이런 건….'

다친 축에도 들어가지 않는다.

그렇게 부축을 받고서야 오우사카는 마사키가 자신보다도 장신이라는 것을 깨달았다.

남에게 말없이 위압감을 주는 자신보다도 더 큰 남자.

그것만으로도 놀라운데 게다가,

'시노미야 마사키.'

이름을 한자로 쓰는 것보다도 영문으로 쓰는 게 더 어울릴 정도의 엄청난 미남.

오우사카는 처음 만나자마자 느닷없이 뒷머리를 맹렬히 걷어차인 듯한 기분이었다.

실제로 마사키가 오우사카를 부르지 않았다면 마사키와 나오토가 형제라는 사실을 믿을 수 없었으리라.

조금도 닮지 않은 형제란 세상에 많이 있는 법이지만 마사키와 나오토는 닮지 않은 건 고사하고 인종 자체가 다른 게 아닐까 싶을 지경이었다.

그게 오우사카만의 착각이 아니라는 증거로, 마사키가 도착하기를 기다리던 담당의사도 간호사도 그리고 경찰조차도 한순간 말없이 '뭔가 착각 아냐?'라고 말하고 싶은 듯 가만히 마사키를 응시했다.

하지만 그런 건 이미 익숙한지 마사키는 "실례지만 동생 분은 아버지나 어머니 중 한쪽 분이 다르거나… 그런 겁니까?"라 물어보아도 별로 기분이 상한 기색도, 흥분한 기색도 없었다.

"아뇨. 친형제입니다. 증조부가 외국인이었다는데… 형제 중 저만 선조의 피가 짙게 나와 버린 것 같습니다."

매우 담담하게 조사에 응했다.

스물두 살 같지 않을 정도로 어른스러운 마사키의 태도. 그 말투는 논리 정연하고 조금도 흐트러지지 않았다.

마사키 정도로 미남이면 감정을 드러내고 히스테릭하게 소동을 피우는 것보다, 오히려 그렇게 냉정한 말투와 행동이 더 잘 어울리는 것처럼 느껴지기까지 했다.

그래서 오우사카를 비롯한 다른 사람들이 완전히 속은, 아니, 착각해 버린 것이리라. 이 형이라면 틀림없이 나이만 먹은 어른들보다 훨씬 온화하게 무슨 일에도 냉정히 대처할 수 있다고.

그래서 마사키가 현행범으로 체포된 폭행범의 얼굴이 보고 싶다는 말을 꺼냈을 때, 약간 망설이기는 했지만 아무도 이의를 제기하지 않았다.

뼈가 부러져서 치료를 받은 그 녀석은 반성하는 기색이 조금도 없었고 여전히 오만불손한 태도였다.

하지만.

그곳에 갑자기 마사키가 나타났을 때 누구에게나 독설을 내뱉던 그 입이 한순간 홀린 듯이 멈추었다.

그리고 마사키의 얼굴을 가만히 응시하더니,

"거짓말… 왜…? 진짜? 왜? 우와… 'MASAKI'잖아. 진짜 실물이야?"

침을 튀기며 흥분한 듯 상기된 목소리로 말했다.

'마사키? 뭐지? 왜 녀석이 시노미야의 형 이름을 막 부르지?'

물론 무뚝뚝한 무투파인 오우사카는 연애에 여념이 없는 남자들이 매달 눈을 크게 뜨고 체크하는 남성 잡지 따위 읽지 않았다. 학교 말고는 가라테 도장에 다니기 바빠 TV도 제대로 보지 않는다. 그래서 마사키가 그 유명한 모델 'MASAKI'라는 것을 몰랐다.

때때로 간호사들이 들러 흥분하여 속삭여도, 보통 사람과는 너무 다른 마사키의 미모에 대한 흥미겠지… 라고 생각했다.

그래서 낙오자 그 자체인 불량배가 왜 마사키의 이름을 막 부르며 흥분하는지 전혀 알지 못했다.

바로 그때, 마사키는 멋대로 지껄이는 그 녀석 쪽으로 묵묵히 터벅터벅 걸어가더니 반쯤 넋이 나간 녀석의 얼굴을 갑자기 후려쳤다.

'퍽!'

엄청나게 둔탁한 소리가 들리고는 그 녀석의 얼굴이 확 돌아간다.

설마 마사키가 그런 난폭한 행동을 할 줄은 생각지도 못하고.

한순간 모두 멍하니 할 말을 잃고 그 자리에 얼어붙었다.

그리고 정신을 차린 경찰이 날카롭게 소리를 지르며 황급히 마사키의 팔을 붙잡았다.

"자… 자네…."

"아아… 죄송합니다. 이 녀석 때문에 동생이 다쳤다고 생각하니 화가 나서 저도 모르게 이성을 잃었네요."

대체 어디가 이성을 잃은 것인지 모르겠다고 생각할 정도로 속이 들여다보이는 말투로, 그렇게 말했다.

저도 모르게 화가 나서 이성을 잃었다고?

그저 궤변에 지나지 않는다는 건 누가 보아도 일목요연했다.

그런데 아무도 마사키를 비난하지 않았다.

아니… 아무 말도 하지 못했다.

자칫 잘못했다간 목숨에 지장이 갈 정도로 폭행을 당한 남동생이 무참한 모습으로 침대에 누워 있다. 혈육이라면 그 범인을 같은 꼴로 만들어 주고 싶다고 생각하는 것은, 심정적으로 매우 이해가 가는 감정이다.

하지만 그 때문은 아니었다.

오우사카를 포함하여 그 자리에 있던 사람들은 봐버렸다. 사람이 냉정한 채로 이성을 잃어버리는 모습을.

말투만 담담할 뿐. 때린 주먹을 굳게 움켜쥐고 똑바로 선 마사키의 등에서 뿜어져 나오는 살기와도 같은 격정을 느끼고, 오우사카는 저도 모르게 숨을 들이마셨다.

'이 녀석… 대체 뭐야.'

사람을 사람 취급하지 않는 그 녀석의 말투에 이성을 잃고 때리려 했던 건 오우사카도 마찬가지였다. 하지만 그건 참극을 직접 보고 억누르기 어려운 충동을 느꼈기 때문이다.

'이런 녀석, 죽어 버리라지!'라고 생각해도 실제로 죽여 버리고 싶은 건 아니다.

하지만 마사키의 경우.

만약 그 자리에 아무도 없었다면 정말로 때려 죽였을지도 모른다고 생각할 정도로 엄청난 살기를 뿜고 있었다.

죽일 것인가.

단념할 것인가.

그 자제심의 경계선에서 마사키를 이쪽으로 끌어올 만한 '제동장치'가 무엇인지 오우사카는 모른다.

그저 마사키의 인정사정없는 일격을 맞고 어이없이 기절해 버린 그 녀석을 내버려 두고 발길을 돌린 마사키의 금갈색 두 눈이 불길하게 안쪽부터 빛나는 것을 목격한 오우사카는, 어째서인지 오싹하게 소름이 돋아나는 것을 느꼈다.

남이 오우사카를 두려워한 적은 있어도, 오우사카 쪽에서 남이 두렵다고 생각해 본 적은 없다.

가라테 시합에서 팽팽하고 민감해진 집중력이 '위험하다'는 경고를 발할 때가 있지만, 실제로 걷어차기를 맞았을 적에 '젠장'이라 분하게 생각할지언정 맞는 것에 대한 두려움은 없었다.

그런데 매우 냉혹한 냉기를 띤 마사키가 스쳐갈 때, 오우사카는 처음으로 남에게 '두려움'이라는 걸 느꼈다.

그리고 방만한 폭행범인 그 쓰레기 자식이 흥분하여 '마사키'라고 부른 것을 생각하면, 어쩌면 저 엄청난 미남인 나오토의 형은 저런 쓰레기들에게 카리스마적 존재인 걸까? 라는 생각도 들었다.

'…설마.'

다음 날.

나카노와 야마시타의 재촉에 다시 케이세이카이 병원으로 걸음 한 오우사카는 이미 나오토가 병원을 옮겼단 소식을 들었다.

'…왜?'

그 의문에 그저 멍하니 서있던 오우사카는 그날 '시노미야 마사키'라는 인물이 의외로 유명인이라는 것을 알았다.

주간지나 TV 와이드쇼가 일제히 연속 폭행 사건의 피해자인 나오토와 마사키의 관계를 보도했기 때문이다.

그리고 그것은.

지금까지 반 친구들이 몰랐던 나오토의 개인적인 부분을 폭로하는 형태로, 생각지 못한 스캔들로 발전해 갔다.

스캔들

평소에는 자전거로 다니는 쇼난 고등학교까지의 등굣길.

평소 40분 이상은 걸릴 그 여정도 마사키가 운전하는 차로 가면 눈 깜짝할 사이다. 그 때문인지 익숙한 이른 아침 풍경조차 미묘하게 평소와 달리 보였다.

그 폭행 사건이 있은 뒤 거의 열흘 만에 하는 등교였다.

몸을 부딪힌 통증은 그나마 나아졌지만 아직 삔 발목이 다 회복되지 않았다. 걸을 때 목발을 짚어야 하는 지금 상태에서는 자전거로 통학할 수가 없어서, 결국 마사키가 차로 데려다주게 되었다.

애초에 지금 이 상태에서 학교에 가고 싶다고 말하면 마사키가 반대하지 않을까 나오토는 사실 조금 불안했다.

퇴원 허가는 나왔지만 완치된 것이 아니다. 담당의사인 사카키는 온화한 눈을 가늘게 뜨고 말했다.

"뭐, 초조해하지 말고 자택에서 천천히 요양해."

그건 물론 사건의 정신적 후유증도 고려한 발언일 것이다.

사건이 사건인 만큼, 평소에는 냉정하던 마사키조차 날카롭고 신경질적인 상태라는 점을 나오토도 잘 알았다.

케이세이카이 병원에서 마사키와 아는 사이라는 사카키의 병원으로 옮긴 뒤, 사정을 참작하여 허락을 받았는지 마사키는 아무리 밤늦게라도 반드시 나오토의 병실을 방문했다고 한다.

애초에 그 시간에 푹 잠들어 있었던 나오토는 언제 마사키가 왔는지도 몰랐지만. 시라이시 간호사에 따르면 특별히 뭘 하진 않고 잠시 나오토가 자는 모습을 바라보다가 돌아갔다고 한다.

그래서 나오토는 자주 놀림을 받기도 했다.

"사랑받고 있구나, 나오토 군. 그 'MASAKI'의 시선을 독점하다니 조금 질투 나."

반면 나오토는 남, 아니, 가족들 앞에서도 좀처럼 약한 소리를 하지 않는 마사키가 이번 일로 뭔가 이상하게 마음을 졸이고 있지 않을까란 생각에 오히려 걱정스러워졌다.

그래서 혼란이 잦아들기 전에 학교에 가고 싶다고 말하면 마사키의 기분이 더 나빠지는 게 아닐까 싶었다.

하지만 마사키는 무조건 '안 된다'고 하지는 않았다.

그저 잠시 입을 다물었다가 진지한 말투로 나오토와 시선을 맞추었다.

"괜찮아?"

몸 상태만 말하는 게 아니다. 아직 사건의 여파가 남아 미디어도 크게 떠들어대고 있다. 그런 상태에서 학교에 가도 괜찮으냐고, 마사키는 그걸 걱정하는 모양이었다.

실제로 피해를 입은 소년들은 육체적으로도 정신적으로도 정도의 차이는 있지만 사건의 후유증을 앓고 있었다.

먼저 피해를 입은 쇼난 고등학교의 두 명은 아직 등교할 수 있는 상태가 아니라고 한다.

3학년 사이죠는 생각 이상으로 중상을 입었는지, 그대로 휴학해 버릴지도 모른다고 한다. 1학년 노가미는 다친 것보다 정신적인 충격이 심해서 집에서 한 걸음도 나오지 못한다고 한다.

그런 의미에서 나오토는 자신이 정말 운이 좋았다고 생각한다. 오우사카에게 아무리 감사해도 부족할 정도였다.

그래서 마사키의 걱정에 대해서는 딱 잘라 말했다.

"괜찮아. 남의 말도 석 달이라고 하잖아. 어쨌든 이대로 계속집에 틀어박혀 있을 수는 없어. 게다가, 새삼스러운… 일이기도하고."

그렇다. 새삼스럽다.

지금까지는 지역 한정으로 통하던 공공연한 비밀이 이번 일로 느닷없이 퍼져 이곳저곳으로 불똥이 튄 것에 지나지 않는다.

아무리 바라던 바가 아니라 해도 이미 모든 것은 선정적으로 폭로되어 버렸다. 잠긴 방에 혼자 틀어박혀 운이 나빴다고 이러쿵저러쿵 탄식해 봤자 소용이 없다.

또 남의 구경거리가 되는 걸까?

그리 생각하면 우울해지지만.

그렇다면 이전 일로 면역이 확 생긴 덕분에 이성을 잃지 않을수 있으니 그나마 낫다고 생각한다. 그렇게라도 생각하지 않으면 버틸 수가 없다.

그리고 무엇보다도 나오토의 입장에서는 이번에 혼자 앞에서모든 것을 덮어쓴 꼴이 되어 버린 마사키의 뒷일이 훨씬 걱정스러웠다.

"그보다… 마사키 형은 괜찮아?"

그러자 마사키는 입 끝을 치켜 가볍게 웃었다.

"나는 이런 스캔들에 손쉽게 무너질 정도로 연약하지 않아. 뭐, 마침 잘됐다고 끌어내리고 싶어 하는 녀석이야 있을지도 모르지만."

나오토가 휘말린 악질 연속 폭행 사건.

하지만 그것은 사건과는 전혀 다른 종류의, 마사키까지 끌어들인 일대 스캔들로 발전해 버렸다.

지금 가장 주목받고 있는 모델 'MASAKI'.

어디에 있어도 이목을 끄는 화려하고 단정한 미모. 게다가 그저 보기만 좋은 인형이 아니라, 유연한 몸은 '야성적으로' 약동하며 동시에 '금욕적인' 공간을 만들어 낸다.

그래서 그 시선 하나로 '귀공자'가 될 수도, '야성적인 짐승'이 될 수도 있는 희귀한 피사체로서 업계 내의 평판이 높다.

그런 것치고 수수께끼로 가득한 그의 프로필은 'MASAKI'의 인기에 박차를 가했었다. 세상을 떠들썩하게 만든 폭행 사건의 피해자 중 한 명인 나오토가 'MASAKI'의 남동생이라는 사실이 알려지자 마사키의 신변사정은 엄청나게 변화했다.

병원에는 알 권리를 내세운 하이에나들이 뻔뻔스럽게 들이닥쳤다. 결국 마사키는 '더 이상 병원 측에 민폐를 끼치지 않을 것' '남동생 및 학교 관계자에 대한 배려'를 조건으로 무신경하게 들이댄 마이크 앞에 설 수밖에 없었다.

엄청난 미남 청년이 침통한 표정으로 남동생을 배려하며, 분노를 억누르고 조용한 말투로 폭행범에 대한 분노를 말하는 모습은 그것만으로도 훌륭한 '그림'이 되었다.

만들어 낸 것이 아닌, 현실적인 일상의 한 장면.

좀처럼 들을 기회가 없는 톱 모델의 있는 그대로의 육성과, 코어 팬들 사이에서 이미 유명한 '임페리얼 토파즈'라고 불리는 두 눈이 때때로 강렬한 빛을 뿜으며 카메라 너머를 주시하는 모습에 모두가 TV 앞에 못 박혔다.

겨우 10분도 되지 않는 그 기자회견이 몇 번이고 반복하여 TV에 흘러나온다. 그때마다 시청자는 매료되고 이 청년을 '더 알고 싶다'고 갈망하게 된다.

카리스마가 만들어지는 순간이란 어쩌면 이런 것일지도 모른다. 그렇게 여겨질 정도로 마사키가 주는 임팩트는 강렬했다.

그리고 그게 계기가 되어 'MASAKI'의 프로필은 물론이고 마사키 자신의, 나아가 시노미야 가문의 개인적인 부분까지 몽땅 폭로되어 버린 것이다.

남의 불행은 나의 행복.

아버지의 불륜으로 시작된 시노미야 가문의 비참한 가정 붕괴 이야기는 그런 세상의 관심을 선정적으로 부추기기에 딱 좋았다. 거기에서 기어 올라가 화려한 'MASAKI'로 변신하기까지의 이야기는 일종의 성공담이 되어 대중의 흥미를 끌었다.

물론 거기에는 미담의 이름을 빌린 노골적인 중상모략이나 불합리한 비방, 사실무근의 거짓말이나 헛소리도 있었다. 마치 이래도 부족하냐는 것처럼 과격한 폭로전을 하는 주간지의 기사를 읽으면, 나오토는 분노가 타오르다 못해 구토까지 치밀어 더 기분이 나빠졌다.

하지만 마사키는 인정사정없이 들이대는 마이크도, 도발적인 질문도, 노골적으로 던지는 험담도 모두 묵살했다.

그게 버릇없다고 비난해도 태도를 바꾸지 않았다. 그저 깊은 곳에서부터 빛나는 금갈색 눈으로 '남의 불행을 폭로하는 게 그렇게 재미있나?'라는 듯 냉정하게 마주 볼 뿐이었다.

그렇게 하면 상대는 대개 움찔 겁을 먹고, 어색하게 시선을 피한 뒤 시비를 걸지 않게 된다.

마사키의 두 눈에는 그런, 뭔가 강한 마력과도 같은 것이 있다고 진지한 얼굴로 말하는 사람도 있다.

이미 몸도 마음도 마사키에게 사로잡혀 버린 나오토의 입장에서는 흘려들을 수 없는 말이었다.

"만약 최악의 경우 지금 하는 일을 할 수 없게 되어도 별것 아니야. 너와 유우타를 제대로 기를 만큼의 돈은 있으니까."

그게 그저 강한 척으로 들리지 않는 점이 마사키의 마사키다운 면이리라.

실제로 앞일을 나오토가 혼자 전전긍긍해 봤자 소용이 없다는 것은 잘 알고 있다.

"그러니까. 나오… 너는 아무 걱정 하지 않아도 돼."

그런 말까지 들으면 나오토는 할 말이 전혀 없다.

결국 나오토는 수많은 조건을 단 채로 등교하게 되었다.

그래도 역시 교문을 당당히 차로 가로지르기는 꺼려졌다.

"마사키 형, 이쯤에서 내려 줘."

"걱정하지 마. 교실 안까지 가방도 들어다 줄 테니까."

마치 알면서 일부러 괴롭히듯 마사키는 가볍게 대답한다.

그런 마사키를 곁눈질한 나오토는 역시 내심으로는 자신이 등교하는 걸 반대하는 게 아닐까 그만 억측해 버리고 싶어졌다.

그대로 말없이 있으면 정말로 교실 안까지 따라올 것 같았다.

"아니… 더 이상 시끄럽게 만들고 싶지 않은데…."

"뭐 어때. 어차피 다 들통 났으니 이 정도 서비스는 해줘도 되잖아."

그야 평범한 고등학생이 진짜 'MASAKI'를 볼 수 있는 기회는 좀처럼 없겠지만.

"뭣 하면 덤으로 직원실까지 가서 인사라도 한마디 해둘까?"

나오토는 그건 참아 줘… 라고 속으로 깊은 한숨을 삼켰다.

"그런 짓을 하면 구경꾼이 쇄도해서 난리가 날 거야."

상상만 해도 현기증이 날 것 같았다.

그러자 마사키는 목 안쪽으로 어렴풋이 웃었다.

평소처럼 서문 자전거 정류장에 자전거를 세우고 승강구로

향하려던 오우사카는, 그때 정문 주위가 묘하게 떠들썩한 것을
알아차리고 별생각 없이 그쪽을 보았다.

그러자.

"어? 거짓말….''

"진짜라니까. 저거 틀림없이 'MASAKI'라고.''

"…진짜야?''

"꺄아악♡''

"저기, 가보자.''

여학생들의 흥분하고 들뜬 대화가 귀에 들어왔다.

'마사키… 라니… 시노미야의 형?'

저도 모르게 걸음을 멈춘 오우사카의 옆에서,

"어이. 'MASAKI'래….''

"진짜일까?''

"아무튼 우리도 잠깐 가보자.''

어딘가 들뜬 것 같은 남학생들의 목소리가 들린다.

그리고 'MASAKI'라는 말이 차례차례 퍼져, 평소라면 교문에
서 승강구까지 흘러갈 인파가 단숨에 역류했다.

그때, 마사키에게 거의 끌어안긴 자세로 차 조수석에서 내린

나오토는 멍하니 굳어진 주위의 시선을 느꼈다.

'그래서 말했는데….'

이렇게 될 줄 알고 있었는데. 굳이 교문에 차를 댄 마사키의 짓궂음에 나오토는 작게 한숨을 흘린다.

"교실 안까지 가방을 가져다주는 것보다는 낫잖아?"

그걸 알아차린 마사키는 아무렇지도 않게 속삭였다.

그래도 목발을 짚고 그 자리에서 기다리는 나오토에게는 마사키가 뒷좌석에서 가방을 꺼내는, 그 얼마 안 되는 시간 동안 기다리는 것조차 어쩐지 바늘방석처럼 느껴졌다.

이럴 땐 그저 '미남'이라는 말만으로는 끝낼 수 없는 제 형의 남들과 다른 존재감을 뼈저리게 실감한다.

그리고 평소에는 비스듬히 멘 적조차 없는 가방을 반만 걸쳐 메려고 한 그때,

"시노미야!"

이름을 부르는 소리에 돌아보자 그곳엔 오우사카가 있었다.

낯익은 대담한 용모도 그날 이후 처음 보는 거라 생각하면 어째서인지 무언가가 서서히 치밀어 올라서…. 나오토는 가만히 오우사카를 응시하며 잠시 숨을 삼켰다.

하고 싶은 말이 많을 텐데 왠지 말이 나오지 않았다.

그러자 오우사카는 갑자기 시선을 돌리고 그대로 성큼성큼 다가오더니 마사키를 보았다.

"안녕하세요."

"안녕, 오우사카 군. 이번에는 여러 가지로 신세를 졌어. 정

말 고마워. 제대로 인사를 하러 찾아갈 생각이었는데 좀처럼 시간이 나질 않아서…. 미안하군."

"…아뇨."

"보는 대로 나오토도 아직 원래 상태가 아니지만 본인이 꼭 가겠다고 해서 오늘부터 등교하게 되었어. 이것저것 신세를 지게 될지도 모르지만, 부탁해도 될까?"

"걱정 마세요."

"고마워."

"가방, 제가 들게요."

"아아…. 미안하군. 기왕 온 김에 교실 안까지 가져다주려 했는데."

"아뇨. 역시 그건 그만두는 게…."

나오토의 머리 위에서 오가는 마사키와 오우사카의 대화.

차분하고 깊이 있는 목소리의 마사키는 달변이고 대답하는 오우사카는 말수가 매우 적지만, 엄청나게 사람 눈을 끄는 두 사람의 대화는 지나칠 정도로 매끄럽다.

그런데 풍기는 분위기가 서로의 개성을 상쇄하기는커녕 단숨에 단계가 올라가, 마치 '고지라' VS '킹기도라'처럼 느껴지는 것은 나오토의 착각일까.

그렇지 않아도 두 사람 사이에 낀 나오토는 사람들의 시선이 두 배는 더 콱콱 찌르는 것 같아서 몹시 불편한 기분이다.

"마사키 형, 이제 됐어. 가."

마사키가 언제까지고 거기에 있으면 농담이 아니라 교문 앞에 사람들이 새까맣게 모여들 것 같았다.

"그럼. 나오, 너무 무리하지 마."

"응. 고마워."

"돌아올 때 전화하는 거 잊지 마."

"…알았어."

마사키는 가볍게 고개를 끄덕이고 차로 돌아가, 마치 아무 일도 없었던 양 떠나갔다.

그러자 팽팽해질 대로 팽팽해진 실이 뚝 끊긴 것처럼, 뭐라고 말할 수 없는 탄식이 일제히 새어 나왔다.

아침 과외 수업 끝을 알리는 종이 울린다.

그 소리가 끝나기도 전에,

"아, 시노미야!"

나카노와 야마시타가 나란히 찾아왔다.

"뭐야, 너. 온다면 온다고 가르쳐 주지. 너무 놀라게 하지 마."

"여어, 잘 왔어. 의외로 빨리 부활해서 정말 다행이야."

평소와 다름없는 그 말투에 나오토는 안심한다.

겨우 1시간쯤 전. 오우사카와 함께 교실로 들어올 때까지 멀찍이서 보내는 시선들이 쿡쿡 찌르는 것 같아서, 일단 각오는 했지만 나오토는 뭐라 말할 수 없는 기분이었다.

아무리 그래도 반 친구들은 입을 모아 나오토의 복귀를 기뻐해 주었다. 하지만 사건이 사건이니만큼, 하물며 아무도 몰랐던 나오토의 가정환경이 선정적으로 보도된 만큼 그들도 나오토를 어떻게 대하면 좋을지 알 수 없다는 듯 어딘지 어색하고 조심스럽게 구는 분위기가 있었던 것도 사실이다.

거기에 나카노나 야마시타까지 배려하는 태도를 보였다면 나오토는 확 지쳐 버렸을 것이다.

"뭐야? 아침에는 형님이 바래다줬다면서?"

마사키를 '형님'이라고 부르는 말투도 매우 자연스럽고 다른 의미는 전혀 없었다.

"응. 다리가 이래서. 자전거는 아직 탈 수가 없으니까."

그래서 나오토도 가볍게 대답할 수 있었는데.

"뭔가 엄청났다던데. 다들 어벙하니 멍한 상태였다며."

그런 식으로 딱 잘라 말해 버리면 쓴웃음밖에 나오지 않는다.

"뭐, 우리 같은 일반인이 진짜 연예인을 눈앞에서 만날 기회는 엄청난 우연 말고는 없을 테니까."

'연예인이라니… 야마시타. 그거랑은 뭔가 다른 것 같은데….'

애초에 이번 스캔들로 자신의 생각 이상으로 마사키의 인기가 엄청나다는 사실을 안 나오토는 상당히 당황했다.

"털빛이 다른 녀석이 신기해서 그저 화제에 뒤처지지 않으려고 떠들어대는 것뿐이야. 그러다가 질릴 거야."

당사자 마사키는 여전히 몹시 냉정하게 말했다. 본업 이외의 일감도 쇄도하는 모양이지만 마사키는 모두 거절했다고 한다.

떠들어대는 주위의 잡음에 현혹되지 않고 자신의 방침을 관철한다.

매니저 이치카와는 아마 몹시 한탄하고 있겠지만 그런 마사키를 근처에서 본 나오토는 자신도 그렇게 행동하고 싶다고 절실히 바란다.

"그럼 당분간은 차로 데려다주고 돌아가고 하는 거야?"

"…그렇겠지."

"그래. 고생이 많겠네."

'고생이 많은 건 내가 아니라 마 짱이지만….'

어젯밤에도 한밤중에 집에 돌아왔다.

평소대로라면 아직 자고 있을 시간이다. 그런데….

그렇게 생각하고 속으로 한숨을 흘린다.

오늘 아침의 소동을 생각하면 역시 자전거를 탈 수 있게 될 때까지는 집에서 얌전히 있어야 했을까… 라고.

그때.

"그럼 내일은 내가 시노미야의 가방을 들어야지."

"…뭐?"

갑자기 나카노가 그런 말을 꺼내서 나오토는 멍해졌다.

"오늘 아침에는 오우사카가 들었잖아? 그러니까 내일은 나."

"아니… 오늘은 어쩌다가 오우사카가 있어 준 것뿐이고…."

"그러니까 내일은 내가 교문 쪽에서 기다릴게. 오우사카만 득 보게 만들 수는 없지."

'득을 본다니 뭐가?'

말하는 의미를 알 수가 없어서 나오토는 당황한다.

"오우사카만 생으로 눈 보양을 하다니, 그런 건 치사하잖아? 그러니까 나도."

생으로 눈 보양…?

치사하다고?

'그거… 혹시 마 쨩 얘긴가.'

"게다가 오우사카 녀석, 그 'MASAKI'가 이름까지 불러 줬다면서? 좋겠다, 땡잡았잖아. 그러니까 다음에는 나."

태연자약하게 내뱉는 나카노를 보자 나오토는 힘이 빠졌다.

"어, 그런 게 어딨어? 그럼 나도. 시노미야, 모레는 나다?"

덤으로 야마시타까지 그런 말을 한다.

그리고 돌아가는 상황에 가만히 귀 기울이던 같은 반 남자들까지 떠들어대기 시작했다.

"그런 거라면 우리가 할래."

"그래. 나카노도 야마시타도 다른 반이잖아."

갑자기 시끄러워졌다.

'잠깐… 참아 줘….'

그러자.

"다들 시끄러워. 내일도 모레도, 그다음 날도 시노미야의 가방은 내가 들기로 했어. 너희들이 끼어들 자리는 없어."

오우사카가 딱 잘라 말했다.

모두가 돌아보자 몸을 한껏 뒤로 젖히고 의자에 앉은 오우사카가 힐끗 노려보았다.

"뭐 불만이라도 있어?"

오우사카가 이렇게 나왔을 때 당당히 이의를 제기할 수 있는 근성의 소유자는 없다.

그래서 나오토는 일단 소동이 잦아들자 안심하여 가슴을 쓸어내렸다.

나오토로서는 물론 내일도 모레도 오우사카에게 가방을 들게 할 생각은 없었기에 오우사카가 그 말을 했을 때 움찔했지만, 아마 자신을 배려하여 둘러댄 것이라고 생각했다.

생각해 보면 그게 상황을 잘 정리하기 위한 가장 좋은 특효약이었을 테니까.

"…그렇다고 하니까. 다들 미안해. 마음만 받아 둘게. 고마워. 나카노도. 음, 그러니까…."

왜 갑자기 가방… 인지는 모르지만. 그래도 나카노다운 호의의 표현이라고 생각한 나오토는 밝게 웃었다.

그 순간, 입 끝을 움직여 씨익 웃는 나카노를 본 오우사카는 내심 혀를 찼다.

'…쳇. 나카노 자식… 감쪽같이 저질렀겠다.'

오늘은 어쩌다 우연히 그렇게 되었지만, 나오토의 발이 완치될 때까지 오우사카는 나카노가 말하는 '가방 들어 주기'를 할 생각이었다.

아마도 나오토는 고집을 부리겠지만 먼저 가방을 빼앗아 버리면 어떻게든 된다. 요컨대 익숙해지게 만드는 게 중요하다.

아무튼 오우사카가 그럴 생각을 한 것은 마사키가 '잘 부탁'해서도, 불행한 사고가 계기가 되어 개인적인 부분까지 드러나 버린 나오토를 동정했기 때문도 아니다.

오우사카는 그저 어쩌다 보니 엮여 버렸지만 일단은 나름대로 책임을 지고 싶다고 생각했다.

앞으로 매일 등하교할 때 그 엄청난 '형'이 달라붙어 있으면, 주위 사람들은 아무래도 나오토의 가정 사정을 포함한 문제의 스캔들을 의식할 것이다.

그렇다면 누가 어느 모로 보나 제 컨디션이라고는 말하기 어려운 나오토의 부담을 조금이라도 줄여 주는 게 낫지 않을까….

별로 나오토의 '수호자' 행세를 하는 건 아니지만. 어차피 뒤에서는 '시노미야 나오토의 케르베로스'라고 불리고 있다. 그렇다면 기왕 이렇게 된 거, 그 역할을 충실히 해볼까… 싶었다.

다른 누군가에게 맡기고 공연히 조바심을 내느니, 스스로 그 역할을 자처하는 편이 낫다. 문득 그렇게 생각한 오우사카는 어느 틈엔가 나오토에게 푹 빠져 버린 자신을 알아차리고 쓸쓸한 표정을 지었다.

'……'

그렇게 이것저것 생각하고 있을 때 마치 속마음을 간파한 듯한 타이밍으로 갑자기 나카노가 폭탄발언을 던진 것이다.

움찔… 했다.

어안이 벙벙했다.

그리고 어째서인지 몹시 짜증이 났다.

'뭐가 생으로 눈 보양이라는 거야.'

그리고 그만 같은 반 친구들 앞에서 '가방'의 소유권을 주장하게 되었다.

그 결과가 아까 나카노가 지은 '히죽거리는 웃음'이다.

'최악이군.'

결국 나카노는 오랜만에 나오토가 등교하여 어색해진 반 분위기를 한껏 휘저어, 눈에는 보이지 않는 '벽'을 없애 버리고 싶었는지도 모른다.

'나카노도 꽤 빠져 버린… 걸까?'

이용당한 것은 별로 상관없었다. 그저 나카노의 생각대로 일이 진행되는 게 마음에 들지 않는다.

그렇게 생각하고 나카노를 노려본 그때.

타이밍이 좋은 건지 나쁜 건지, 아침 조회를 알리는 종이 울렸다.

그 바는 번화가 큰길에서 한 골목 들어간 뒷길에 있었다.

특별한 점이라곤 없는 임대 빌딩 지하 1층.

그러나 간판도 없는 그곳이 바라는 사실을 아는 사람은 적다. 횅하니 정적에 잠긴 계단을 내려가 문을 두드리는 사람들은 거의 다 낯익은 단골손님들이다.

가게 안은 꽤 좁다.

박스석이 네 개, 스툴이 다섯 개 나란히 있는 카운터.

가게를 꾸려 나가는 사람은 나이를 알 수 없는, 수염이 삐죽삐죽 난 중년 바텐더다.

이미 트레이드마크가 된 검정 티셔츠 아래로 엿보이는 팔뚝은 탄탄한 근육질이라서… 옛날, 혹 지금도 현역으로 뭔가 격투기를 하고 있는 게 아닐까란 소문이 있다. 아무도 본인에게 그걸 확인한 적은 없지만.

그래서 단골손님들은 모두 카운터 안에서 무뚝뚝하게 쉐이커를 흔들기보다는, 그 험상궂은 얼굴을 살려서 가게 경호원 같은 걸 하는 쪽이 훨씬 어울린다고 생각한다.

오후 11시 가까운 시간.

마사키가 그 문을 열고 들어오자 카운터 가장 안쪽에서 누군가를 기다리며 담배를 피우던 남자—아니, 남자라고 부르기에는 꽤 중성적인 용모의 잘생긴 청년이 시선을 약간 들었다.

그리고 곧 자기 잔을 들고 카운터 옆의, 입구에서 딱 사각이 되는 가장 안쪽 박스석에 앉도록 마사키를 재촉했다.

그곳은 가게가 만석이 되어도 아무도 앉지 않는다. 오너 특권의 예약석이라는 것을 모두 알고 있다.

하지만 청년이 마사키를 데리고 앉아도 단골손님들은 누구도 놀라지 않았다. 꽤 오래전부터 이 가게에선 그곳이 마사키의 지정석임을 다들 알기 때문이다.

"꽤 화려하게 얻어맞고 있던데. 아무리 너라도 조금은 낭패한 거 아니야?"

그렇게 말하고 씩 웃은 이는 고등학교 때 마사키와 같은 반 친구였다.

키리하라 카즈네라고 한다.

소우부 고등학교는 인터하이(일본 전국고등학교종합체육대회의 속칭) 단골손님으로 현 전체… 아니, 전국적으로 알려진 스포츠 명문 고등학교다. 마사키는 검도였지만 키리하라는 합기도를 한다.

덩치가 작고 늘씬하지만 그만큼 몸의 움직임이 날카롭다. 자신보다도 큰 남자들을 가볍게 내던지는 모습은 장관이었다.

게다가 겉보기에는 청초한 미남 계열이지만, 성격은 딱 부러진 말투로 상대를 꼼짝 못 하게 하는 신랄한 독설가다.

그래서 붙은 별명이 '소우부의 야차공주'.

하지만 입만 신랄한 게 아니라는 사실을 과거의 동창들은 잘 알고 있다.

얼굴에 어울리지 않게 다혈질로 유명했던 것이다.

"잠깐 새로운 관절기술을 시험해 보고 싶어서…."

"귀여운 여자애가 못생긴 불량배에게 괴롭힘 당하는데 말없이 지나갈 수는 없잖아."

"싸운 게 아냐. 그냥 쳤을 뿐이지."

그런 앞뒤가 안 맞는 변명을 한 게 한두 번이 아니다.

겉모습에 속아서, 혹은 신랄한 도발에 그대로 넘어가 시비를 거는 녀석들을 상대로 희희낙락하여 비틀고 꺾고 내던지는 괴물이었다.

그럼에도 불구하고 졸개가 되기를 바라는 남자가 끊이지 않는다는, 그럴 듯한 소문도 돌았다.

그게 단순한 소문이 아니라는 사실을 아는 것은 마사키를 포함한 매우 친한 친구들뿐이다.

그래서 당연히 키리하라도 아버지의 불륜으로 시작된 시노미야 가문의 일련의 스캔들에 대해서 매우 핵심에 가까운 부분까지 알고 있었다.

"…그럴 리가 없다. 이제 와서 과거를 파낸다고 노심초사할 인간이 아니니까."

여전히 말을 막 하는 녀석이다.

"그래서? 아버지 쪽은 어때?"

"여전히 같은 패턴이야."

"흐응…. 네 아버지도 질릴 줄을 모르네. 그렇게 '집'에 집착할 거라면 처음에 제대로 정리해 뒀으면 좋았을 텐데."

"그래도 어머니가 죽고 나니 양심에 찔렸는지 한때는 숨을 죽이고 있었지만, 요즘은 다시 권리서를 내놓으라고 멍멍 짖어 대고 있어. 아마 빚이라도 생겨서 꼼짝 못 하게 된 거 아닐까?"

마치 남 일 같은 말투로 차갑게 내뱉은 마사키가 잔을 비운다.

실제로 친가의 숙부가 실수로 흘린 말에 따르면, 할아버지에게도 돈을 빌려 달라고 했다가 딱 잘라 거절당한 모양이다.

아버지는 과거의 불륜 소동으로 인해 친할아버지에게 의절당했다. 그 할아버지에게 고개를 숙이면서까지 돈을 빌려 달라고 한 것을 보면 뭔가 절박한 사정이 있겠지만, 마사키는 자신들을 버리고 떠난 아버지의 말로가 어떻건 전혀 관심이 없었다.

그 집은 자신들에 대한 정당한 위자료라 마사키는 생각한다.

만약에, 만에 하나 그 집을 아버지에게 넘기느니 차라리 생판 남에게 팔아 버리는 게 훨씬 낫다.

아니. 실제로 한 번은 진지하게 그럴까 생각했다.

그 무렵 마사키에게 '집'이란 가족의 추억이 밴 무엇과도 바꿀 수 없는 장소가 아니었다. 오히려 어머니와의 금기에 얽매인 족쇄이니, 차라리 모든 굴레를 버리고 새로 출발하는 쪽이 낫지 않을까. 그렇게 생각했다.

하지만 그때….

"이 집에서 나가면… 어디로 가면 된다는 거야? 친할아버지나 외할아버지가 데려가고 싶어 하는 건 너지 내가 아냐. 어머니가 살아 있을 때부터 계속 그랬잖아. 내 이름을 부른 적도… 한 번도 없어. 나를 필요로 하는 건 이 집뿐이잖아…? 그러니까 난 아무 데도 안 가. 사야 누나가 이 집을 버리고 가버려도, 네가 친할아버지한테 가도, 나는 계속 여기 있을 거야. 마사키 형한테 내가 필요 없어져도 나는… 이 집에 있을 거야."

나오토가 지금까지 본 적 없는 진지한 표정으로 말했다.

그 순간 마사키는 오랜만에 필살의 상단 일격을 맞은 것 같은 기분이 들어서… 머릿속까지 징 하고 울리는 듯한 착각에 잠시 말도 나오지 않았다.

나오토가 그렇게 절박하게 생각했다니 전혀 알지 못했다.

그 무렵에 이미 마사키는 남동생에 대한 추악한 열정을 감당하지 못하고 있었다. 아무것도 모르고 따르는 나오토를 보기도 괴롭고, 그보다 삿된 욕정으로 나오토를 더럽히게 될까 봐 두려워서… 일부러 차갑게 밀쳐 내고 집에도 자주 돌아가지 않았다.

그게 오히려 그렇게 나오토에게 상처를 주고 있을 줄은 생각지도 못했다.

그리고.

"나… 고등학교까지만 보내 주면 돼. 그러고 나면 어디서든 제대로 혼자 할 수 있고, 언제까지고 마사키 형에게 기생할 생각은 없어. 그러니까 그렇게… 진지하게 받아들이지 마."

나오토가 그리 결심했다는 사실을 알았을 때 마사키는 등골에 찬물이 끼얹어진 기분이 들어서 그 자리에 못 박혔다.

고등학교를 졸업하면 나오토가 자신에게서 떠난다고?

멀지 않은 현실이 눈앞에 닥쳐오자 마사키는 할 말을 잃었다.

피가 이어진 남동생을 더럽히기가 무서워서, 그래서 필사적으로 나오토를 멀리하려고 한 것은 자신이었다. 그런데 막상 나오토가 그런 말을 하자 눈앞이 새까매졌다.

만약 이러다가 시노미야 일가의 집이 없어져 버리면….

그러면 나오토는 고등학교를 졸업할 때가 아니라 당장이라도 자기 곁에서 떠나지 않을까?

그렇게 생각하면 정말로 오싹했다.

그때부터다. 진정한 의미에서 마사키가 '집'에 집착하기 시작한 것은.

그리고 지금.

나오토의 몸도 마음도 얽어매어 하나가 될 수 있는 시노미야 일가의 집은 마사키에게 없어서는 안 되는 '성역'이 되었다.

그런 중요한 장소를 그 따위 개자식한테 빼앗기고 싶지 않다. 그렇게 생각한다.

"지금은 젊은 애인에게 푹 빠져서 아내를 죽음에 몰아넣은 끝에 자식 양육도 포기한 극악무도한 인간으로 불리고 있으니, 그럴 상황이 아니겠지만."

활자에 의한 폭력이란 그야말로 이런 것을 말하는 것이리라.

나오토의 폭행 사건에서 촉발된 생각지도 못한 스캔들은, 단순히 마사키의 '유명세'라고 말하기에는 과거의 상처를 무신경하게 찌르는 최악의 것이었다.

사실은 사실이지만 독자의 구매 욕구를 더 자극하기 위해서, 약간의 과장과 각색은 필요악에 지나지 않는다. 그런 태도로 스캔들을 보도해도 마사키는 아예 부정도 긍정도 하지 않았다.

과거의 상처가 전혀 아프지 않다면 거짓말이지만, 그와 맞바꾸어 자신들에게서 모든 것을 빼앗아 간 아버지와 애인에게 타격을 줄 수 있다면 그래도 좋다고 생각했다.

"너 말이야. 자기가 타격을 입어도 아버지의 얼굴만 때려 줄 수 있다면 상관없다… 고 생각하는 거지?"

그래서 키리하라가 올려다보며 의미심장하게 유리잔 끝을 핥았을 때.

"일방적으로 빚이 쌓여 있으니 불공평하잖아? 그러면 있는 걸 유효하게 활용하는 게 뭐가 나빠."

냉정히 그 눈을 마주 보았다.

그때.

고등학생이었던 마사키는 자신들의 의지보다도 주위 어른들의 논리가 우선시되는 꼴을, 이를 악물고 옆에서 바라볼 수밖에 없었다.

그저 무력한 미성년자일 뿐이란 사실을 통감할 따름이었다.

아무리 속이 뒤집혀도 자신들을 벌레처럼 버린 아버지를 때려 줄 수조차 없었다.

하지만 지금은 다르다.

하려고 하면 뭐든 할 수 있고 그럴 각오도 있다.

그날.

갑자기 어머니가 죽고 팽팽해졌던 무언가가 뚝 끊어져 버리자, 마사키는 몸 일부에 구멍이 뻥 뚫린 것 같은 상실감을 도저히 채울 수 없었다.

그렇다면 차라리 자신들을 이런 꼴에 처하게 한 아버지를 찔러 죽이고 자신도 죽어 버릴까 자포자기한 적이 있었다.

그 자식을 칼로 마구 찌르고 비명을 지르며 용서를 청할 때까지 그 살을 인정사정없이 도려내 주면, 몸속에 도사린 공허한 마음이 조금은 풀릴까라고.

그렇게 하지 않았던 건 나오토와 유우타가 있었기 때문이다.

지금도 만만치 않은 문제를 안고 있는데 이러다가 자신이 아버지를 죽인 살인범이 되어 버리면 동생들은… 어떻게 될까?

잠든 나오토의 얼굴을 보면서 그렇게 생각하자 씌였던 마귀가 확 떨어져나갔다.

하물며 나오토를 자기 것으로 만든 뒤에는 아버지와 애인이 어떻게 되든지 전혀 신경 쓰지 않게 되었다.

그런 상황에 갑자기 튀어나온 것이 이번 스캔들이다.

마사키의 입장에서는 이제 와서 아버지를 찌르고 자기도 죽을 생각은 요만큼도 없었지만.

그래도 세상이 흥미 본위로 자신들의 개인사를 드러낸다면, 재차 당하는 그 고통을 이번에는 아버지에게 듬뿍 맛보게 해주고 싶었다.

전에 늘 그랬듯이 막장스러운 말다툼을 할 때, 아버지가 격앙한 적이 있었다.

"아무 관계도 없는 미즈키에게 쓸데없는 얘기를 한 건 너지?! 아무리 우리가 밉다고 비열한 짓 하지 마라!"

마사키는 그게 무슨 소리인지 몰랐다. 하지만 자기 자식에게는 잔혹한 짓을 하고도 태연한 남자가 애인의 여동생을 배려한다는 현실을 눈앞에 두자, 역시 목구멍을 꽉 조이는 불쾌감을 느꼈다.

모든 것이 선정적으로 폭로된 지금, 그녀도 '마사키의 가족을 불행의 구렁텅이로 떨어뜨렸으면서 태연히 살고 있는 악녀'의 여동생으로서 세상에 전시되었다고 한다.

하지만 마사키는 조금도 불쌍하지 않았다.

아니, 그렇다기보다는 생판 남의 인생이 어떻게 되든 별로 흥미도 관심도 없었다.

"넌 그래도 좋을지 모르지만 여동생이나 남동생은 어때?"

"여동생과는 이미 꽤 오랫동안 만나지 않았어…. 아니, 절연한 상태지. 그 녀석이 어떻게 생각하는지는 몰라."

외할머니의 이야기에 따르면 사야카는 올봄 무사히 대학에 합격하여 잘 지내고 있다고 한다.

어머니가 죽은 뒤 완전히 야위어 얼굴까지 바뀌어 버린 사야카를 걱정하여, 외할머니는 어떻게든 사야카의 기운을 북돋아 주려고 무슨 일이 있을 때마다 마사키에게 연락했었다. 그러다가 남매간에 생겨버린 도저히 메울 수 없는 균열을 느꼈는지, 아무 말도 하지 않게 되었다.

그리고 4년이 지난 요즘, 슬슬 둘 중 한쪽이 굽혀도 좋을 무렵이 아니냐고 또 간혹 가다가 집에 전화를 건다.

애초에 투덜거림을 듣는 역할은 늘 나오토였고, 마사키는 일이 바빠진 것을 핑계로 아무 연락도 하지 않았다.

아무래도 외할머니는 시노미야 일가에서 혼자만 튕겨나간 것 같은 사야카가 불쌍한 모양이다.

하지만 마사키는.

'어머니 따윈 죽어 버려!'

사야카가 맨 마지막으로 던졌던 외침이 남아 있는 한, 앞으로 자신과 사야카의 인생이 다시 교차될 일은 없을 거라 생각한다.

그러니 사야카는 자기 좋을 대로 하면 된다. 이번 스캔들을 사야카가 어떻게 생각하는지도 모른다.

설령 그리하여 사야카가 상처를 받는다 해도 마사키가 사야카에게 해줄 수 있는 일은 아무것도 없다.

그건 이번 일로 불똥이 튀어 적지 않은 피해를 입은 친가와 외가의 조부모들에 대해서도 마찬가지였다.

특히 친할아버지는 자기 아들의 추태가 상세하게 보도되어 꽤 부끄러움을 감수해야 했는지, 명예훼손으로 고소하겠다고 씩씩거리고 있다.

하지만 그런 짓을 해도 불에 기름을 부을 뿐, 아무 의미도 없다. 마사키가 그렇게 말하자 할아버지는 도저히 분노가 잦아들지 않는지, 지금 자신들이 억울하게 창피를 당하고 있는 건 나오토의 폭행 사건이 발단이라고 투덜거리며 마치 모든 원흉이 나오토라는 것처럼 말하기까지 했다.

그때는 마사키조차 분노하여 딱 잘라 말했다.

"그렇게 말한다면 모든 악의 근원은 그 사람이잖아요? 나오 탓으로 돌리지 마세요. 그렇지 않아도 나오는 목숨이 위험할 수도 있었는데…. 불쾌합니다."

하지만 손자의 충고를 듣고 오히려 흥분한 할아버지는 얼굴을 새빨갛게 물들이고 마사키에게 '두 번 다시 우리 집에 발을 들여놓지 마라!'고까지 말했다.

그렇게 친가와의 인연이 끊어져 버려도 마사키는 상관없었지만. 그 후 할머니가 그건 말이 잘못 나왔을 뿐이고, 할아버지의 본심이 아니라고 중재하는 전화를 했다.

하지만 그만 말이 잘못 나왔다는 것은, 반대로 말하면 평소부터 머릿속으로 그런 생각을 했다는 증거이기도 하다. 만약 습격당한 게 나오토가 아니라 유우타였다면 할아버지는 틀림없이 그런 식으로 말하지 않았을 것이다.

그렇게 생각하면 유우타를 향한 친할아버지의 노골적인 편애에 그만 아버지의 태도가 생각나서, 새삼스럽게 뭐라 말할 수 없는 불쾌함을 느꼈다.

"특히 나오 군은, 그런 일이 있은 지 얼마 지나지도 않았으니 충격이 더하지 않을지… 엎친 데 덮친 격 아냐?"

"남의 말도 석 달이라더군."

"…뭐?"

"저래 봬도 그 녀석은 결심하면 꽤 완고하니까. 언제까지고 틀어박혀 있을 순 없다고 오늘부터 학교에 갔어."

"진짜?"

"그래….'

"하지만 다리는? 아직 목발 짚고 있잖아?"

"등하교는 내가 차로 바래다주기로 했어."

그러자 키리하라는 보란 듯이 무거운 한숨을 내뱉었다.

"너, 정말 악당이군. 스캔들이 한창인데 불에 기름을 퍼부으면 어떻게 해?"

"처음 한 발이 중요하니까. 이러쿵저러쿵 말하기 전에 이쪽에서 냉큼 돌려차기를 날려 버리는 게 빠르잖아?"

"그런 걸 이기주의의 정수라고 하는 거야."

"이기주의든 뭐든 상관없어. 나에게 중요한 건 나오뿐이고 주위가 멋대로 뭐라고 지껄이건 이제 와선 아무래도 좋아."

"뭐, 그야 그렇지."

그렇게 말한 키리하라는 단숨에 잔을 비웠다.

"자기 뒤처리는 스스로 해야지. 그렇게 하지도 못하는 바보는 역시 자기 토사물을 자기가 먹을 수밖에 없으니까."

이러쿵저러쿵 말하지만 그런 면에서 키리하라는 냉정했다.

"그나저나 그 폭행범, 줄줄이 잡혔다면서?"

"…그래."

"하는 짓은 무진장 흉악한데 엄청나게 쉽게 끝나네… 혹시 밀고라도 있었나?"

"자기만 손해를 볼 수는 없다고 생각했다던데."

"…정말이지, 최악의 어린애들이군."

부모에게 손이나 벌리던 쓰레기들은 말로는 나불나불 지껄여댔지만 한 명이 불자 자신만 손해를 볼 수는 없다고 생각했는지, 그 후부터는 연달아 줄줄이 잡혔다.

게다가 남을 괴롭히는 것으로밖에 자기 가치관을 드러내지 못하는 녀석들은 아직 조금도 반성하는 기색이 없다고 한다.

"그건 그냥 심심해서 게임을 한 거야."

녀석들은 그렇게 지껄였다고 한다.

"아무도 안 죽었으니까 상관없잖아."

미성년이라면 뭘 해도 큰 죄가 되지 않는다고 생각하는 걸까.

아니면 인간으로서 가져야 할 결정적 무언가가 결핍된 걸까.

앞으로의 인생에서 그 방만함에 대한 대가를 듬뿍 치르리라는 것은 생각지도 못하고 있을지도 모른다.

그런 녀석들에게 희생된 피해자들과 가족은 그야말로 속이 뒤집힐 것이다.

"그런데 그 녀석들 이름이랑 얼굴 전부 인터넷에 밝혀졌지?"

"…그렇다더군."

"꼴좋다는 느낌이야?"

"…글쎄."

"하지만 너, 꽤 과격한 발언을 내뱉었잖아."

"생각한 걸 그대로 말한 것뿐이야."

"그러니까 네가 그 얼굴로 툭 내뱉기만 해도, 멍청한 뉴스 해설자를 단칼에 벨 만큼 효과가 크다구. 오다가 '또 세상에 당당히 싸움을 거는구만' 하고 한숨을 쉬던데."

폭행 사건을 단순한 게임이라고 말하는 쓰레기들을 세상은 몹시 혐오했다.

그리고 폭행 게임에 참가한 녀석들의 얼굴과 이름은 물론이고 그런 쓰레기를 내버려 둔 부모도 죄인이라며 성과 이름, 가족 구성, 나아가 아버지의 직장까지 기재된 정보가 인터넷에 돌아다녔다. 중대한 인권문제라고 바로 삭제되긴 했지만.

그로 인해 녀석들의 가족이 세상의 비난을 받고 창피를 당하건, 어떻게 붕괴되건 마사키는 딱히 아무래도 좋았다.

그래서 피해자의 가족으로서 감상을 말해 달라고 했을 때, 자신의 사생활이 선정적으로 보도된 뒤로 완전히 침묵했던 마사키는 마이크를 들이댄 매스컴에 통렬한 비판을 담아 차갑게 딱 잘라 말했다.

"피해자의 인권과 그 가족을 포함한 사람들의 사생활이 '알 권리'로 인해 다 노출된다면 가해자 측도 동등해야 하는 것 아닙니까? 그래서 그들이 뭔가 불이익을 입는다면 그건 보도하는 당신들의 자세에 문제가 있는 것 아닌가요?"

그건 그것대로 더한 물의를 낳았다. 그러나 아무리 비난받아도 마사키는 그 논의에 다시 참전하지 않았다.

멀찌감치 떨어져 화재를 바라보기만 하는 녀석들이 의기양양한 표정으로 풋내 나는 정론을 내뱉는 모습이 역겹다. 그저 그뿐이다.

"너는 옛날부터 할 때는 철저하게 하는 녀석이었으니까."

"그건…. 너한테만은 듣고 싶지 않은 말이군."

"무슨 소리야. 네 강철 심장에 비하면 내 건 발끝에도 못 미치잖아."

상대가 한마디 말하면 그 세 배로 시끄럽게 반격하는 키리하라이니, 마사키도 말수가 적어진다.

하지만 그게 조금도 부담스럽지 않을뿐더러, 이렇게 얼굴을 맞대는 것이 그 시절의 자신으로 돌아갈 수 있는 얼마 안 되는 순간임을 마사키는 알고 있었다.

"그런데 오늘은 뭐야?"

"뭐…?"

"그러니까 대체 무슨 볼일로 이 바쁠 때 일부러 불러냈냐고 묻는 거야."

"아… 사실은 이번에 동창회 간사가 너랑 나거든. 미리 상의해 두려고."

그 순간 마사키의 관자놀이가 움찔하고 경련했다.

"…그런 이야기는 못 들었는데."

"바보. 너한테 사전에 말하면 거절할 게 뻔하잖아."

키리하라는 안주인 땅콩을 우적우적 씹으면서,

"요즘 좀 해이해졌다고 해야 할까… 출석률이 떨어졌잖아. 그래서 쿠키 녀석이 이쯤에 확 자극을 주자고 그러더군. 그럼 역시 최고의 상품은 시노미야잖아. 그러면 카이도도 반드시 올 테고. 오랜만에 떠들썩해지지 않겠어?"

깔깔거리고 웃어댔다.

유대감

요즘 유우타는 아침에 일찍 일어난다.

그날도 이상하게 상쾌한 기분으로 눈이 떠져서 문득 시계를 보자 아직 6시 반이었다.

'…진짜?'

깜짝 놀란 유우타는 뭔가 착각이 아닐까 싶어 저도 모르게 시계를 뚫어져라 바라봤다.

마사키는 어떤지 모르지만 이번 주부터 다시 자전거로 통학하기 시작한 나오토는 이미 나갔을 것이다. 집안은 평소와 다름없이 휑하니 정적에 잠겨 있었다.

퇴원한 뒤에 삔 다리의 통증이 사라질 때까지는 2층 자기 방으로 오르내리기 힘들기 때문에 나오토는 1층 방에서 지내게 되었다.

공부는 옛날에 아버지가 쓰던 서재에서 한다. 나오토가 1층에서 생활하게 되자, 필연적으로 마사키가 머무는 범위도 한정되어 2층은 늘 휑하고 조용했다.

그래서 귀에 거슬리는 음란한 목소리를 듣지 않게 되자, 스스럼없이 안심하고 숙면할 수 있어서인지 요즘 늘 일찍 깨어났다.

하지만.

뻔 다리를 빼면 완전히 건강을 되찾은 듯 보이는 나오토가 사실 뿌리 깊은 문제를 끌어안고 있다는 사실을 유우타는 알아 버렸다.

밤. 나오토는 때때로 악몽에 시달린다.

어둑어둑한 계단 아래에서의 신음을 처음 들었을 때 유우타는 또 그것인가, 라고 생각했다.

'…참 나. 퇴원하자마자 발정하지 말라고!'

미간을 깊이 찌푸리고 내뱉었다.

그리고 냉장고에서 미네랄워터 페트병을 꺼내 그대로 빠른 걸음으로 자기 방에 돌아가려고 한 그때.

"으… 아아아악!"

갑자기 비명이 들려서 유우타는 움찔했다.

좋아서 내는 평소의 소리와는 질이 다른 톤이라, 유우타는 그 자리에 멈춰 선다.

'뭐… 야? 뭐지…?'

혹시…. 마사키가 나오토에게 무슨 SM플레이 같은 짓을 강요라도 하는 걸까. 한순간 그런 생각까지 들어서 발소리를 죽이고 조심스럽게 그 문 앞까지 걸어갔다.

그동안에도 나오토는 토해 내는 것 같은 푹 잠긴 소리로 계속 신음했다.

'마사키 형… 뭘 하는 거야!'

이대로 내버려 두면 나오토가 부서져 버리는 게 아닐까 하는 생각까지 들어서.

'어떻게… 하지.'

어떻게 하지?

유우타는 문고리를 꽉 잡은 채 이를 꽉 악물었다.

그리고 나오토의 신음이 전혀 멈출 기색이 없다는 사실을 깨닫고 마음을 정한 뒤, 거칠게 문을 열어젖혔다.

하지만.

그런 유우타의 시야에 날아 들어온 것은.

"……!"

머릿속에서 계속 그리던 음란한 광경이 아니라, 마치 패닉을 일으킨 것처럼 버둥거리며 신음하는 나오토를 끌어안고 필사적으로 달래는 마사키의 모습이었다.

"나오… 괜찮아. 무섭지 않아. 괜찮아….”

마사키는 문고리를 움켜쥐고 멍하니 할 말을 잃고 있는 유우타를 알아차리고 날카롭게 내뱉었다.

"유우타, 물! 물 가져와.”

그러자 황급히 부엌으로 돌아가려다가, 손에 들고 있던 페트병을 알아차리고 허둥지둥 달려가서 마사키에게 넘겨주었다.

마사키는 그것을 받아들자마자 서랍을 턱으로 가리켰다.

"오른쪽 서랍. 약이 들어 있어. 빨간 봉지에 든 거, 두 알 줘.”

그 말대로 유우타가 약을 넘겨주자 마사키는 학질에라도 걸린 양 떨며 매달리는 나오토의 입에 약을 집어넣고 입으로 물을 흘려 넣어 삼키게 했다.

처음에는 마치 물어뜯는 것처럼 억지로.

그야말로 악문 이를 비틀어 열고 억지로 물을 흘려 넣듯.

그리고 두 번, 세 번….

나오토의 떨리는 입술이 더 이상 떨지 않게 될 때까지 입으로 계속 물을 먹었다.

그 행동에 음란하고 선정적인 느낌은 전혀 없었다. 뿐만 아니라 마치 엄숙한 의식처럼 굉장히 금욕적이기까지 했다.

유우타는 눈도 깜빡이지 않고 숨을 죽이고 가만히 응시했다. 그 모습을.

나오토의 이마나 목덜미에 땀이 잔뜩 배어 나와 있다. 마사키는 그것을 타올로 닦으며,

"착하지, 나오…. 괜찮아. 이제… 무섭지 않아."

몇 번이고 머리카락을 쓰다듬고 등을 천천히 쓸어내리며 속삭인다. 그러자 거칠고 띄엄띄엄하던 나오토의 호흡이 확 잦아들고 마사키의 품속에서 머리가 축 늘어졌다.

마사키가 눈에 띄게 안도의 한숨을 쉬는 모습이 보인다.

그리고 나오토를 침대에 눕히더니 말없이 눈으로 유우타를 재촉하여 방문을 조용히 닫았다.

얼굴이 굳은 유우타는 어색한 걸음걸이로 마사키의 뒤를 따라간다. 그 넓은 등이 뭔가 굉장히 위험한 분위기를 풍겨서, 유우타는 자기도 모르게 꿀꺽 하고 마른침을 삼켰다.

그리하여 거실까지 온 마사키는 갑자기 소파를 걷어차며,

"…젠장…. 그 망할 자식, 역시 그때 때려 죽였어야 했어."

생각지도 못한 소름 끼치는 말을 중얼거렸다.

"이제 발작을 일으키지 않아서 괜찮은 줄 알았는데…."

마치 이를 으득 하고 악무는 것 같은 혼잣말이었다.

마사키는 한 번도 유우타를 돌아보지 않고 소파에 털썩 등을 기대더니 험악한 표정으로 담배에 불을 붙였다. 마치 위험하게 고조된 분노를 억지로 누르려는 듯이.

처음 본다. 늘 냉정한 마사키가 이 정도로 감정을 드러내는 모습은.

그리고 깨닫는다. 마사키가 그런 표정을 짓게 만든 이가 나오토라는 것을.

그러자 낯익은, 뒤틀린 소외감이 뭉실뭉실 피어올라서 유우타는 입술을 꽉 깨물었다.

불편한 침묵.

여기까지 유우타를 데려와 놓고 마사키는 아무 설명도 하지 않는다. 결국 초조해진 유우타가 먼저 말을 꺼낸다.

"마사키 형. 아까 나오 쨩… 뭐야?"

그러자 마사키는 아무렇지도 않게 대답했다.

"폭행 사건의 충격과 공포가 되살아나서 가끔 패닉에 빠져."

유우타는 잠시 할 말을 잃었다.

충격과 공포?

무진장 걱정하게 만든 것치고는 다른 피해자들에 비해서 경상이었다. 그래서 설마… 그렇게 되었을 줄은 생각지도 못했다.

"몸의 상처는 꿰매면 일단 낫지만. 마음이란 그렇게 쉬운 게 아니잖아? 실제로 아직 한 달도 지나지 않았으니까."

그런 식으로 잘 안다는 듯 말하는 모습이 이미 평소의 마사키로 돌아와 있었다.

그 빠른 변화에, 아까 한 순간 본 모습이 거짓말이나 농담처럼 느껴져서. 어쩐지 입 안에 쓸쓸함이 퍼졌다.

그래서 그만, 억지로 섹스를 하려다가 그 상처를 무신경하게 들쑤신 것 아니냐고 밉살스럽게 말하고 싶어졌다.

하지만 상대가 최근 2, 3년 제대로 대화를 한 적도 없는 마사키이다보니 유우타도 그렇게까지 대놓고 말할 수는 없었다. 게다가 유우타의 착각이 아니라면 지금 마사키는 기분이 최악일 것이다.

그래도 그런 걸 봐버렸으니 아무리 유우타라도 나오토를 걱정하지 않을 수가 없다.

"그런데도… 학교에 가게 둬도 되는 거야?"

"집에서 가만히 있기보다 다른 데 신경을 쏟는 게 낫잖아?"

"아직 그 소동이 끝나지도 않았는데? 그게 훨씬 더 스트레스가 쌓이지 않겠어?"

"뭐가 스트레스가 되는지는 사람마다 다르잖아?"

"그야 나오 짱은 공부를 좋아하는 인간이지만…."

말하려다가 문득 생각했다.

어쩌면…. 나오토에게는 이 집에 있는 게 제일 스트레스일지도 모른다고.

사야카가 집을 나간 뒤 계속 나오토가 주부 노릇을 대신했다.

이 집에는 아무 도움도 되지 않는 히키코모리 남동생이 있는

데다가, 마사키의 강요로 섹스까지 하고 있다.

'그러니까 역시 학교에 가서 공부하는 게 훨씬 즐겁단 거야?'

유우타는 지금까지 하루도 쉬지 않고 학교에 가는 나오토를 그저 '착한 척하는 것'이라고 생각했다.

하지만 사실은 그저 집에 있는 것이 견딜 수 없어서… 라 생각하니 갑자기 자기 혼자만 집안의 짐짝이 되어 버린 듯해서, 새삼스럽게 가슴 안쪽이 욱신욱신 아팠다.

이 집에선 마사키와 나오토, 두 사람만이 서로를 마주 보고 있다.

그 증거로 마사키는 나오토의 정신적 후유증에 대해 이야기했지만 유우타가 물어보지 않으면 아무것도 가르쳐 주지 않았을 게 분명하다. 게다가 유우타에게 자기가 없을 때에 나오토의 상태를 살펴보라는 말은 한마디도 하지 않았다.

그건 유우타를 믿지 않는다… 기보다는, 그런 나오토를 남에게 맡겨 둘 수 없다는 마사키의 강한 애정이리라.

유우타는 거기에서 나오토에 대한 마사키의 엄청난 집착심을 엿본 것 같은 기분이 들었다.

아주 어린 시절부터 나오토가 대단한 브라더 콤플렉스인 건 척 보면 알 수 있었다. 하지만 마사키까지 그랬을 줄은… 생각지도 못했다.

혹시 마사키에게 나오토는 단순한 성욕의 배출구가 아닌 것일까.

넘어설 것인가, 여기서 멈출 것인가.

그건 단순한 '선 긋기'라고 생각했다.

하지만 그게 아니라.

손에 넣을 것인지.

버릴 것인지.

친동생을 성욕의 대상으로 삼을 수 있는 짐승 같은 형이, 그렇게 나오토와 유우타를 명확하게 구분하고 있다는 사실을 알았다.

그래서 저도 모르게.

"왜 나오 쨩인 거야?"

그런 말이 나왔다.

"어머니와 섹스하는 걸 나오 쨩에게 들켰을 때, 마사키 형은 어차피 적당히 입을 놀려서 구슬렸겠지? 그런데 왜 누나한테는 그렇게 하지 않은 거야?"

물어보고 싶었지만….

"같은 브라더 콤플렉스라면 누가 봐도 누나가 훨씬 노골적이고 심했잖아. 마사키 형을 위해서라면 누나는 자기 자신에게 거짓말을 해서라도 속아 줬을걸? 그런데 왜 나오 쨩만 끌어들이고 누나의 손은 그렇게 쉽게 놓아 버린 거야?"

지금까지는 도저히 물어볼 수 없었던 것….

"누나는 사실 마사키 형이 몸을 바쳐서라도 말려 주길 바랐던 것 아닐까? 그랬다면 누나도 엄마를… 용서할 수 있었을지도 모르잖아. 그러면 엄마도… 죽지 않았을지도 몰라."

그런 의문이 둑이 터진 것처럼 흘러나온다.

그러자 마사키는 담배를 한 모금 깊이 빨고 유우타를 느릿하게 마주 보았다.

"내가 사야카에게 변명도 하지 않았던 건 하나부터 열까지 시시콜콜 설명하기가 귀찮아서야. 뭐, 그 순간 새파랗게 질린 사야카의 얼굴을 봤을 때, 아, 이건 안 되겠군 하고 생각한 것도 사실이지만. 여자니까 도저히 용서할 수 없는 게 있잖아?"

"그럼 나오 쨩은 어떤데?"

그러자 한순간 눈을 가늘게 뜨더니.

"사야카와 달리 나오는 '순진한 어린애'였으니까. 내가 아무에게도 말하지 말라고 하면, 나오는 절대로 말하지 않아. 그래서야."

몹시 담담하게 말했다.

그래서 유우타는 그런 마사키의 냉정한 모습을 엉망진창으로 흔들고 싶어졌다.

"그래서 그 말대로 착하게 입을 다물고 있었으니까 상으로 나오 쨩을 안아 주는 거야?"

그렇게 함으로써 조금이라도 마사키의 진심을 알 수 있다면 미움 받아도 좋다. 그렇게 생각한 것이다.

"왜 나오 쨩이야?"

지금 이 기회를 놓치면 앞으로 마사키의 입을 비틀어 열 기회는 영원히 돌아오지 않는다. 그런 느낌이 들었기 때문이다.

"마사키 형, 여자 잘 꼬시잖아. 섹스 상대는 그야말로 썩어 넘칠 정도로 있지 않아? 그런데 왜 남자인 나오 쨩에게까지 박아 넣고 싶어 하는 거야? 어머니 대용품이라면 별로 나오 쨩이 아니어도… 누나여도 괜찮았던 거 아냐? 혹시 애가 생길 걱정이 없으니까 나오 쨩으로 한 거야?"

그러자 마사키는 피우던 담배를 비벼 끄더니, 소파에 깊이 몸을 파묻고 입술 끝을 조금 올렸다.

"설마… 너와 마주 앉아서 이런 얘기를 할 수 있게 될 줄은 몰랐군. 유우타, 너 날 싫어하잖아?"

"싫어. 하지만 마사키 형이 그렇게 뭐든 다 알고 있다는 표정으로 쉽게 말하면서 덮어놓고 무시하는 게 훨씬 열 받아."

그러자 마치 분노를 부추기듯, 마사키는 목 안쪽으로 웃었다.

"열일곱에 첫 체험을 하는 게 빠른 건지 늦은 건지는 모르지만. 첫 상대가 자기 어머니라는 건 무겁고 충격적인 경험이었지. 뭐, 이제 와서 이런 변명을 해도 소용이 없지만."

그리고 마치 남의 일처럼 쉽게 말을 내뱉었다.

"어머니와 섹스를 한 건 확실히 나지만 어머니는 나에게 안기고 있다고 생각하지 않았어. 나는 어디까지나 그 자식의 대용품이었으니까."

"그게 무슨 소리야?"

"그 무렵 어머니는 벌써… 이상해졌어. 제정신이라면 아무리 그래도 갑자기 아들 위에 올라타지는 않을 테니까."

그 사실 자체가 몹시 생생한 고백일 텐데, 마사키가 너무나도 담담하게 말하고 있어서인지 유우타는 감이 잘 오지 않았다.

"계기가 무엇이었건 한번 '길'을 잘못 들어 버리면 몇 번을 하건 마찬가지라고 생각하긴 했어. 그러니까 모두 어머니의 탓으로 돌릴 생각은 없어."

차라리 시원시원하게 느껴질 정도로 대담한 그 태도에 유우타는 눈썹을 잔뜩 찌푸렸다.

"그렇다고 왜 나오 쨩인데?"

"나는 어머니와 했지만 좋아서 한 건 아니야. 사야카는 계속 저런 식이니 나에게는 너무 무겁고. 너는 애교 없는 애완동물 같아서 귀엽지가 않아."

"그렇게 말한다면 나오 쨩도 누나랑 같잖아."

귀엽지가 않다는 말에 저도 모르게 발끈해 입을 삐죽거렸다.

"나는 말이야, 유우타. 나오에게만 발정해."

너무나도 가볍게 흘린 말에 유우타는 눈을 크게 끔뻑거렸다.

"바… 발정… 이라니…."

"하는 것뿐이라면 어떤 여자랑도 할 수 있어. 서지 않는 건 아니니까. 하지만 아무리 미인이라도 섹스를 할 때 기분이 좋다고 생각한 적은 없어. 몸은 잔뜩 흥분한 상태여도 머릿속이 묘하게 차갑지. 그저 쌓인 걸 짜내 토해 내는 것 같은 느낌. 누구와 해도 그랬으니까, 그런 건 줄 알았지. 하지만 아니었어."

그렇게 말하는 마사키의 한쪽 뺨은 자조하듯 약간 일그러져 있었다.

"나오가 순진하게 나를 보면서 웃기만 해도 움찔움찔 옆구리가 경련했어. 머릿속에서 나오를 발가벗기고 마음대로 만지는 내 모습을 알아차렸을 때에는… 아무리 나라도 내가 무서웠어.

다섯 살이나 연하인 남동생에게 진심으로 발정한 내가 진짜 짐 승이 된 것 같아서, 위험하다고 생각했어. 그래서 도망쳤지."

그 말을 들은 유우타는 문득 생각해 냈다. 한때 마사키가 집에 전혀 들어오지 않았던 시절을.

"그럼… 왜?"

"막다른 곳까지 떠밀렸을 때 술을 마시고 만취해서 정신이 들고 보니… 나오를 강간한 뒤였어."

"…뭐?!"

순간 유우타는 뺨을 힘껏 얻어맞은 기분이 들어서 할 말을 잃는다.

늘 여유작작한 이 형이 그렇게까지 절박했다는 것도 놀라웠지만, 이 집에서 그렇게 엄청난 사건이 일어난 줄 몰랐던 자신의 무관심을 새삼스럽게 지적받은 듯해서…. 유우타는 아무 말도 할 수 없었다.

"뭐, 그런 거야."

그런… 거라니….

'그런 말로 끝내버려도 되는 거야?'

"마사키 형…. 진짜 진심이야?"

"당연히 진심이야. 일시적인 충동으로 나오를 강간할 정도로 할 일이 없는 것도 아니고. 나오는 친형제끼리 금기를 범한다는 것에 얽매여 꽤 완고하게 거부하니까, 몸 관계가 있어도 나는 그다지 여유가 없어. …아니, 꽤 꼴사납게 달려들고 있지."

아무렇지도 않게 하는 그 말이 거짓 아닌 마사키의 진심이라는 것을 알고, 유우타는 그저 마사키를 바라볼 수밖에 없다.

그때 무슨 생각을 했는지 마사키는 그런 유우타의 시선을 두 눈으로 똑바로 맞받으며 조용히 말했다.

"그러니까 유우타, 네가 이 집에서 나가고 싶다면 나는 말리지 않겠어. 하지만 앞으로 이대로 여기서 살 생각이 있다면, 슬슬 어리광은 그만둬. 나는 내가 어딘가 일그러져 있다는 걸 알고 있으니까, 너에게 이러쿵저러쿵 잘난 척 설교할 생각은 없어. 너는 나를 싫어할지도 모르지만 나는 네가 싫지 않아. 하지만 그뿐이야. 나는 나오와 달리 형제애가 넘치는 것도 아니고, 따뜻한 가족 놀이를 할 생각도 없어. 토라져서 잘 따르지 않는 고양이를 내버려 두고 언제까지고 길러 줄 만큼 상냥한 인간이 아니야. 유우타. 그걸 잘 기억해 둬."

그것은 자신에게 주어진 최후의 선택이리라고 유우타는 생각했다.

시노미야 일가의 집에서 나갈지 말지가 아니라, 유우타 자신이 변하지 않으면 아무것도 시작되지 않는다는 것. 마사키의 말은 그런 의미이리라고.

만약 이대로 유우타가 전혀 변하지 않는다면 아마도… 아니, 틀림없이, 마사키는 진심으로 자신을 버릴 생각이리라.

유우타는 이제 와서 과거의 스캔들이 각 방면에 폭로되어도 아무렇지 않았다. 그러나 이 일로 인해 갑자기 시한폭탄의 폭발 시간을 알리는 모래시계가 눈앞에 놓인 듯한 기분이 들어서, 유우타는 이를 악물었다.

오후, 점심식사 시간.

거리에는 인적이 없었다.

그래도 시노미야 케이스케는 주위를 살피듯 빙 둘러보고, 빠른 걸음으로 시노미야 일가의 집 문으로 들어섰다.

자기 집으로 돌아오는 데 조심스럽게 행동할 필요가 어디 있을까.

그렇게 생각하면서도 선글라스 너머의 시선은 두리번두리번 침착성이 없고 걸음걸이도 자연스레 빨라진다.

케이스케는 절박한 상황이었다.

호사다마라고는 하지만, 지금까지 한 번도 실패한 적이 없었던 주식에서 큰 손해를 보아 많은 빚을 끌어안게 되었다. 일단 필사적으로 있는 돈을 끌어 모았지만 그래도 여전히 부족하다.

창피를 각오하고 아버지에게 돈을 빌려 달라고 했지만 딱 잘라 거절당했다.

자신에게 약하던 어머니가 은근히 도와주지 않을까 기대했지만 역시 소용없었다. 케이스케가 애인을 만들어 아내와 자식을 버렸기 때문에 예뻐하던 손자들과 완전히 소원해져 버린 것이 상당한 충격이었던 모양이다.

그래도 어떻게든 돈 될 만한 것을 물색하던 그때, 마치 더블 펀치처럼 갑작스러운 스캔들 폭풍이 몰아쳐서 케이스케의 신변 사정은 격변했다.

불륜 끝의 가정 붕괴.

요즘 그런 사건은 드물지 않다.

하물며 케이스케에게 그건 이미 결판이 났던 과거의 사건이었다.

지금의 자신에게는 새로운 가족이 있고 새로운 생활이 있다.

그런데 이번에 아닌 밤중에 홍두깨처럼 마사키와 얽혀 추문이 선정적으로 보도되었다. 마사키가 눈물겨운 '어머니를 생각하는 효자'란 식의 미담으로 알려진 것과는 반대로, 불륜 끝에 가족을 버리고 애인에게 간 케이스케에게는 '최악의 몹쓸 아버지'라는 역할이 분배되어 주간지나 와이드쇼에서 철저하게 얻어맞았다.

그러자 여론까지 심각한 연쇄반응을 일으켜 노골적이고 악취미적인 호기심의 시선으로 바라보며 치사토는 물론이고 그 여동생인 미즈키까지 희생양으로 삼아 규탄하는 등, 구경거리가 되어 버렸다.

그때까지 친절하던 이웃들에게서도 별것 아닌 말 한마디에 은근히 악의가 느껴진다고 치사토는 슬퍼했지만 그게 모두 그녀의 피해망상처럼 보이진 않았다.

이번 소동으로 가장 피해를 입은 것은 어쩌면 한창 사춘기인 미즈키인지도 모른다. 그 일 때문에 미즈키는 학교에도 가지 못하고 방에 틀어박혀 있다.

케이스케에게도 취재 신청이 쇄도했지만 케이스케가 뭔가 반론할 때마다 여론은 점점 더 혐오감을 드러내고, 최악의 악역이라는 평판에 박차가 가해질 뿐이었다.

명예훼손으로 고소하려고 해도 기본적으로 기사에 나온 게 모두 사실관계가 뚜렷한 이상, 케이스케에게는 아무런 승산도 없다.

그 스캔들이 퍼진 뒤 케이스케의 금전 사정은 점점 더 곤란해졌다.

그래서 케이스케는 이번 일이 자신에 대한 마사키의 역습일지도 모르겠다고 생각했다. 마사키가 매스컴을 이용해 뜻대로 세상을 선동하여 자신을 망하게 만들려는 게 아닐까.

그리하여 결국 궁지에 몰린 케이스케는 최후의 보루인 집의 권리서를 되찾으러 온 것이다.

가슴을 두근거리며, 거의 5년 만에 자기 집 현관문에 열쇠를 꽂는다.

그러자 잠금장치는 몹시도 간단하게 찰칵 풀렸다.

그때.

유우타는 아무도 없는, 휑하니 정적에 잠긴 아래층에서 뭔가 소리가 들려온 것 같아서 문득 책을 넘기던 손을 멈추었다.

'…착각인가?'

하지만 잠시 귀를 기울이자 이번에는 틀림없이 덜컹덜컹 하고 무언가를 뒤지는 소리가 들렸다.

그러자 심장이 두근거렸다.

'도둑…?'

머릿속에 생각이 스쳤다.

유우타는 옷장 안에서 초등학생 때 쓰던 배트를 살짝 꺼내 꽉 움켜쥐었다.

두근, 두근. 비정상적으로 빠르게 뛰는 심장을 달래듯 한두 번 심호흡을 반복하고 자기 방에서 나온다.

살짝….

조용히.

발소리를 죽여 계단을 내려간다.

그리고 주위를 살펴보며 부스럭부스럭 소리가 나는 쪽으로 걸어갔다.

소리는 서재에서 들려왔다.

유우타는 다시 한 번 배트를 꽉 움켜쥔다.

서재 문을 조용히 열자 남자의 뒷모습이 보였다.

남자는 가장 안쪽에 있는 서가의 잠금장치를 억지로 열려던 중이었다. 너무 집중한 나머지 유우타가 문을 연 것도 알아차리지 못한 듯했다.

"어이! 너! 뭐 하는 거야!"

유우타가 그렇게 외치자 남자의 뒷모습이 움찔 얼어붙었다.

그리고 남자가 어색하게 돌아보았다.

그 순간, 유우타는 경악하여 숨을 들이마셨다.

'…아… 버… 지?'

남자는—케이스케는 마치 도둑처럼 한심한 모습을 자식에게 들키자 당황한 기색을 숨길 수 없는지, 약간 창백해진 얼굴에 억지로 갖다 붙인 듯한 어색한 미소를 띠고 바싹 마른 목소리로 말했다.

"유우타… 많이 컸구나."

유우타는 경악했다. 몇 년 만에 보는 아버지의 얼굴에 엄청난 충격을 받았다.

'왜….'

그런 유우타를 보더니만 케이스케는 잘 구워삶을 수 있을지도 모른다고 생각했는지, 곧바로 간사한 목소리로 말했다.

"잘 지냈니? 어떻게 지내나 싶어서… 잠깐 들렀어. 그, 요즘에 여러 가지로 일이 많았으니까. 아버지도, 그… 신경이 쓰여서 말이야."

어쩌면 이 집을 나갈 때까지 가장 자신을 따랐던 유우타를 눈앞에 두자, 어울리지 않게 향수가 느껴져 가슴이 조금 아팠는지도 모른다.

하지만 유우타의 굳은 표정은 풀리지 않았다.

그때까지 유우타는 자신들을 버리고 간 아버지에 대한 분노나 증오가 이미 말라 버렸다고 생각했다.

그래서 이번 스캔들로 주위가 아무리 노골적으로 떠들어대도 유우타의 입장에서는 지긋지긋할 뿐, 그 소동이 어느 쪽으로 굴러가든 이제 와선 아무 흥미도 없었다.

그런데….

전혀 예상치도 못했던 아버지와의 갑작스러운 재회에 유우타는 뭐라 말할 수 없는, 부글부글 끓어오르는 격정을 느꼈다.

"아버지는 어머니보다… 우리보다 좋아하는 여자가 생겼어. 이제 아버지에겐 우리가 필요 없어."

"그 여자랑 다른 집에서 살아."

"그러니까 이 집에는 다시 돌아오지 않을 거야. 알았어?"

그날.

집에 갑작스러운 폭풍이 몰아친 날.

자신들 가족을 쓰레기처럼 버리고 간 아버지가 친한 척 간사한 목소리로 뭔가 말하고 있다.

그것만으로도 오싹 소름이 돋았다.

왜, 이 자식이, 여기 있는 거야.

그 생각을 하면 구역질이 났다.

"저, 유우타. 책장 열쇠가 어디 있는지 모르니? 중요한 서류가 들어 있는데….”

케이스케가 느릿한 걸음걸이로 다가온 순간.

유우타는 손에 들고 있던 배트를 들어 올려 케이스케를 후려
쳤다.

쇼난 고등학교 2학년 7반.

평소처럼 5교시 수업이 지체 없이 시작되고 그로부터 잠시
후, 교실 문을 시끄럽게 노크하는 소리가 들렸다.

수학 담당 후지타 선생은 문 쪽에서 학생주임과 뭐라고 수군
수군 이야기를 나누다가 갑자기 돌아보더니 나오토를 손짓해
불렀다.

“시노미야!”

그러자 반 아이들이 일제히 웅성댔다.

요즘 나오토 관련으로 여러 가지 사건이 있어서 또 뭔가 좋지
않은 일이 일어난 게 아닐까 하고.

나오토는 느릿한 걸음걸이로 걸어간다. 이제 목발은 필요하
지 않았지만 아직 달릴 수 있을 정도는 아니다.

“저… 무슨 일이 있었나요?”

후지타의 재촉에 복도로 나온 나오토는 약간 어두운 얼굴로

학생주임에게 묻는다.

"지금 경찰에서 연락이 왔는데 너희 집에 도둑이 들어서 카츠키 경찰서에서 남동생을 보호하고 있다는구나."

나오토의 얼굴이 창백해진다.

"다행히 다친 데는 없었던 것 같지만…. 아무튼 서둘러 준비해라. 요시나가 선생님께는 이야기해 뒀으니까. 오늘은 그대로 집으로 돌아가도 돼."

"…네. 알겠습니다."

어색하게 고개를 끄덕인 나오토는 교실로 돌아온다.

'빈집털이인가?'

왜 이렇게 연이어 재앙이 닥치는 걸까… 라고 생각한다.

'카츠키 경찰서는 어디지?'

'아…. 마 쨩에게 전화해 둬야지….'

그런 생각을 하고 있자 머릿속이 빙글빙글 돌고 자기 자리가 굉장히 멀게 느껴졌다.

'아무튼 빨리 가야해….'

'유우타 녀석 괜찮을까.'

유우타가 집을 나온 것은 영양실조로 병원에 실려 간 후 처음이다. 꼬박 3년 만… 일까. 그런 생각을 하니 어쩐지 걱정스러웠다.

그리고 자기 자리로 돌아오자마자 황급히 돌아갈 준비를 하기 시작한 나오토에게 반 친구들의 노골적인 시선이 꽂힌다.

무슨 일이 있었던 걸까 궁금하지만 조금 창백해진 나오토의 표정에 아무도 말을 걸지 못한다.

그때 무슨 생각을 했는지 오우사카도 냉큼 돌아갈 준비를 하기 시작했다. 그리고 반쯤 멍해진 반 친구들을 흘겨보며 성큼성큼 나오토에게 다가갔다.

"죄송합니다, 선생님. 저 시노미야랑 조퇴할게요. 뒤는 잘 부탁드려요."

오우사카는 놀라서 눈을 크게 뜬 나오토의 팔을 잡았다.

"저… 오우사카…."

"됐으니까 이리 와."

나오토는 뭐가 뭔지도 모른 채 오우사카에게 끌려 교실에서 나갔다.

그대로 복도로 나가자 학생주임도 놀란 표정을 지었지만 이대로 나오토를 혼자 돌려보내는 것보다는 낫다고 생각했는지, 스쳐가면서 한마디를 했다.

"잘 부탁한다, 오우사카 군."

뭔가 조금 이상하지 않나? 라고 생각하면서도 승강구까지 나온 뒤에야 오우사카는 나오토의 손을 놓았다.

"그런데 무슨 일이 있었던 거야?"

"아니… 잘 모르겠어. 집에 도둑이 들어서 동생이… 경찰에 보호받고 있다고…."

그러자 오우사카는 문득 작게 한숨을 내쉬었다.

"그럼 택시를 잡는 게 빠르겠군."

"…어…?"

"자, 빨리. 동생이 기다리잖아?"

아무래도 완전히 오우사카의 페이스에 말려든 것 같다.

게다가 그게 거슬린다기보다는 마음속 어딘가에서 안도의 한숨이 흘러나오는 것을 깨닫고 나오토는 저도 모르게 탄식했다.

'뭔가 좀 이상해….'

"저… 시노미야라고 합니다. 동생이 여기에 보호받고 있다고 듣고 왔는데요."

카츠키 경찰서에 도착하여 나오토가 이름을 말하자 바로 나가노라는 중년 남자가 왔다.

"잘 부탁드립니다. 시노미야 나오토입니다."

나오토가 고개를 숙이자 나가노는 생긋 웃었다.

"아니, 수고가 많네요. 갑자기 학교에 연락하는 것도 좀 그런가 싶었는데…. 뭐 사정이 사정이라서."

그래서 나오토는 나가노가 말하는 '사정'이 시노미야 가문의 가정환경이리라고 생각했다.

"네. 형한테는 제가 연락을 했는데 일 관계로 바로 이쪽으로 올 수 있을지는… 아직 모르겠어요."

촬영에 들어가 버리면 마사키의 휴대폰은 부재중 메시지로만

연결된다.

"그래요. 일단 형님도 와주셨더라면 좋았을 텐데…. 그런데 자네는?"

"시노미야와 같은 반 친구 오우사카라고 합니다. 이 녀석, 아직 다리가 다 낫지 않아서 일단 제가 함께 왔습니다."

이미 그 사건을 포함하여 나오토에 대해서 알고 있는지, 나가노는 한순간 안타까운 표정을 짓고 나오토를 보았다.

"아, 그랬었지."

그때의 일을 다시 말해 봤자 좋을 게 없다고 판단한 나가노는 그 뒤로 사건에 대해서는 언급하지 않았다.

나가노는 느릿한 걸음걸이로 나오토를 2층 막다른 곳의 방으로 데려갔다.

오우사카는 안까지 함께 들어갈 생각은 없어 보였다. 문밖에서 기다리겠다고 한다.

나오토가 고개를 끄덕이고 안으로 들어가자, 거기에는 온몸의 털을 세운 고양이처럼 잔뜩 신경을 곤두세우고 있는 유우타가 있었다.

이런 유우타는 오랜만에 본다. 마치 잔뜩 비뚤어져 있던 초등학교 시절의 유우타로 돌아가 버린 것 같았다.

"…유우… 타."

그러자 유우타는 나오토와 나가노의 얼굴을 번갈아 보고 말없이 느릿하게 일어섰다.

그리고 나가노를 노려보듯 눈을 치켜뜨고 중얼거렸다.

"나오 쨩이 왔으니까 이제 돌아가도 되지?"

한순간 그래도 되나? 생각하면서도.

"저기… 이대로 데려가도 되나요?"

묻자 나가노는 백발 섞인 머리를 벅벅 긁었다.

"이봐, 유우타 군. 이렇게 형도 데리러 왔으니까 슬슬 사정을 얘기해 줄 수 없을까?"

"사정… 이라니, 무슨 사정이요?"

"아니, 그게… 여기에 온 뒤로 아무 말도 하질 않아서. 원래는 제일 큰형에게 연락해야겠지만 유우타 군이 꼭 자네가 아니면 안 되겠다고 해서….."

"빈집털이가 들어와서 동생이 보호된 것뿐 아닌가요?"

"그건 뭐, 그렇긴 한데…. 유우타 군이 그 녀석을 배트로 때려서 좀 다쳤거든."

나오토는 움찔하여 숨을 삼켰다.

"다쳤다니… 혹시… 심한… 가요?"

"왼팔이 부러진 정도지만."

나가노는 가볍게 말했지만 나오토는 그 순간 마치 자신이 얻어맞은 것 같은 착각을 느끼고 눈앞이 새까매졌다.

"나오… 쨩?"

위험하다고 생각했다.

손발이 단숨에 식는 그 감각.

"나오 쨩!"

구토가 치밀고….

"나오 쨩!"

그때 머릿속이 휘청하고 뒤흔들렸다.

형제의 고리

"빚 변제에 시달리다가 집 권리서를 노리고 도둑질을 하려 했다고요? 그러다가 유우타에게 배트로 얻어맞아 뼈가 부러지다니, 꼴좋군요. 어이가 없어서 말도 안 나옵니다."

카츠키 경찰서의 한 방에서 마사키는 애처롭게 왼팔을 흰 천으로 감은 아버지의 꼴사나운 모습을 앞에 두고 몹시 담담하게 빈정거리는 말을 연발한다.

실제로 마사키는 설마 케이스케가 이렇게까지 멍청한 짓을 저지를 줄은 생각지도 못했다.

이렇게 대놓고 깎아내리면 히스테릭하게 힐난하는 것보다 몇 배는 더 타격을 받기 마련이다. 케이스케는 창백한 뺨을 움찔거리며 으르렁거렸다.

"뭐가 도둑질이야! 부모가 자기 자식을 만나러 가는 게 뭐가 잘못이야! 애초에 그 집은 내 거야. 자기 집에 돌아가는데 누가 뭐라고 해?!"

하지만.

"불륜에 빠져 자식을 버리고 간 남자가 이제 와서 아버지인 척하지 말아 줬으면 좋겠군요. 역겨워서 당장이라도 소름이 돋을 것 같아요."

마사키의 말은 차갑고 날카로웠다.

"어차피 집에 숨어든 게 들켜도 유우타 혼자라면 어떻게든 구워삶을 수 있을 거라고 착각했겠죠? 그렇다면 왼팔 하나쯤은 수업료를 치렀다고 생각하면 되지 않습니까? 애초에 제 입장에서는 그런 건 쌓이고 쌓인 위자료의 이자도 안 되지만."

그 말만 내뱉은 마사키는 벌떡 일어섰다.

"그러니까 형사님. 뒷일은 그쪽에 맡기겠습니다. 더 이상 이 사람과 이야기할 것도 없으니 동생들을 데리고 돌아가도 상관없습니까?"

"그건, 이 건은 전부 아버··· 아니, 시노미야 케이스케 씨에게 일임한다는 뜻입니까?"

"일임이고 뭐고···. 사실은 단 하나뿐이잖아요. 불륜에 빠져 자식을 버린 최악의 몹쓸 아버지가 빚이 생겨서 이러지도 저러지도 못하게 되자, 집 권리서를 노리고 도둑질을 하러 들어왔다가 막내에게 들켜서 얻어맞았다. 아닌가요?"

지나치게 딱 잘라 말하는 마사키를 보고 나가노는 작게 한숨을 흘린다.

"경찰서 입구에 파리처럼 모여든 매스컴에도 그렇게 말할 생각입니까?"

"그럴 생각인데요? 이제 와서 일어나 버린 일을 없었던 걸로 만들 수는 없으니까요. 제 입장에서는 이렇게 쓸데없는 일로 또 이것저것 화려하게 보도될 걸 생각하면 지긋지긋해서 토할 것 같지만, 어쨌든 뭔가 말하지 않으면 정리가 안 될 테니까요."

그러자.

"마사키이이."

케이스케가 창백했던 얼굴이 새빨개져서는 의자를 걷어찰 기세로 벌떡 일어섰다.

"너… 너는….."

"제가 뭐요?"

마사키의 날카로운 금갈색 두 눈이 차갑게 바라보자, 케이스케는 신음하듯 말을 삼켰다.

케이스케가 집을 버렸을 때는 아직 풋풋함이 남아 있는 홍안의 미소년 같은 이미지가 강했던 큰아들의, 보통이 아닌 변모를 명확하게 바라보자 케이스케는 꼴사납게 입술이 떨렸다.

그때, 지금까지 방 한구석에서 굳은 채 돌아가는 상황을 지켜보던 치사토가 뛰어들었다.

"부… 부탁이에요. 마사키 씨. 그것만은… 그것만은 참아 주세요!"

그러고는 무릎을 꿇었다.

하지만.

"이제 와서 당신이 무릎을 꿇어 봤자, 아무 소용없습니다. 점점 더 불쾌해질 뿐이죠."

마사키의 차가운 목소리조차 무너트리지 못했다.

마야마 치사토라는 아버지의 애인을 마사키는 처음 본다.

정신병을 앓다가 완전히 야위어 죽어 버린 어머니보다 훨씬 젊은 여자.

아이를 넷이나 낳고 용모도 나름대로 쇠퇴한 어머니에 비하면, 확실히 미인… 일지도 모르지만. 이 여자의 어디에 가족을 버리게 만들 만한 매력이 있는지 마사키는 알 수가 없다.

"부탁이에요! 이런 게 TV에 나오면 케이스케 씨는… 아니, 저나, 아무 관계도 없는 여동생도 목을 맬 수밖에…."

목을 매든 빌딩 옥상에서 뛰어내리든 마음대로 하시죠.

아무리 그래도 그 자리에서 그렇게 말할 수는 없었지만.

'하지도 못할 짓을 쉽게 말하지 마. 멍청한 인간.'

마사키는 속으로 내뱉는다.

그렇게 기특한 주변머리가 있다면 일련의 스캔들이 보도되었을 때 벌써 목을 맸을 테니까.

치사토가 매달리듯 아무 관계도 없다고 말하는 여동생은 사실 나오토를 습격한 폭행범과 친밀한 관계인 소꿉친구였다. 어느 주간지가 '초특급 독점 스페셜'이라는 표제어로 폭로했다. 아직 기억에 생생한 것을 넘어서서 마사키에게도 그야말로 '아닌 밤중에 홍두깨' 격의 경악 스페셜이다.

설령 쓰레기가 착각으로 저질렀다 해도, 뭔가 수상쩍은 냄새가 난다고 여기는 이는 마사키뿐만이 아니리라.

그런데 이렇게까지 되었는데도 관계가 없다고 우기는 여자의 후안무치한 모습을 보자, 어이가 없어서 말이 나오지 않는다.

"자업자득이잖아요. 사람을 있는 대로 짓밟아 놓고 이제 와서 뻔뻔스러운 말 하지 말아 주시겠습니까? 나는 절조 없는 하이에나 놈들에게서 동생들을 지키느라 바빠서 생판 남까지 신경 쓸 틈이 없습니다."

"하지만… 하지만…."

여전히 매달릴 생각인지, 불쌍한 목소리로 호소하는 치사토의 얼굴을 힘껏 짓밟아 주고 싶은 충동에 사로잡혀 한순간 눈앞이 아찔해진다.

"아무리 꾸며도 어차피 들킬 거짓말은 해 봤자 소용없어요. 파헤칠 대로 파헤쳐져서 먹잇감이 될 뿐이니까. 차라리 앞으로는 최악의 몹쓸 캐릭터답게 행동하면 되잖아요. 그렇다면 연기도 거짓말도 할 필요 없이 평범하게 잘할 수 있을 텐데요?"

마사키는 담담하게 인정사정없이 찌른다. 곱게 말해 줄 필요가 없다고 생각하니 자제할 필요도 없었다.

"이제 와서 저한테 부모 자식 간 애정이니 뭐니… 그런 역겨운 걸 기대해도 소용없어요. 저 사람이 시노미야 집안을 나갔을 때, 부모 자식 간의 인연은 뚝 끊어졌으니까. 그건 마야마 씨, 당신이 제일 잘 아시지 않습니까? 그러니까 자기가 뿌린 씨앗은 자기가 잘 거두시죠. 아…. 그리고 하나 더. 이제 두 번 다시 우리 주위를 얼쩡대지 마세요. 앞으로 그런 일이 있으면 용서하지 않을 테니까."

그렇게만 내뱉고 마사키는 나갔다.

등 뒤에서 치사토가 보란 듯이 엉엉 우는 소리를 내도, 마사키의 걸음걸이는 조금도 흐트러지지 않았다.

"그럼. 오우사카. 오늘 고마웠어."

"그래. 내일 봐."

"늦게까지 시간을 버리게 해서 미안하다."

"아뇨. 잘 먹었습니다. 실례하겠습니다."

작별인사를 나누고 시노미야 형제를 태운 차가 떠나자 오우사카의 입에서는 무겁고 깊은 한숨이 흘러나왔다.

시간은 오후 8시를 막 넘은 참이다.

저녁식사는 마사키의 단골 가게라는 아담한 요릿집에서 배불리 먹었지만 막냇동생의 입이 너무 짧아서 놀랐다.

'이 녀석 혹시 이슬을 먹고 사는 거 아냐?'

그렇게 생각할 정도로 찔끔찔끔 먹는다.

편식이 심하다기보다는 오늘 일에 큰 충격을 받아 정말로 먹을 것이 제대로 넘어가지 않는 게 아닐까 생각했는데, 나오토의 말로는 늘 이렇다고 한다.

음식을 먹지 않고.

학교에도 가지 않는다.

뿐만 아니라 최근 4년간 전혀 외출도 한 적이 없는 히키코모리라는 사실을 알았을 때, 오우사카는 '대체 뭘 즐기며 사는 거야?'라고 생각하며 뚫어져라 바라보았다.

게다가 말도 거의 하지 않는다.

오우사카 자신도 퉁명스러움의 화신이라는 말을 듣지만 이 남동생은 완전히 배타적이다.

원래 말을 하지 않는 것도, 말수가 없는 것도 아니라는 사실 쯤은 알고 있다.

왜냐하면 그때.

아까 처음 만난 자신을 들볶으며 엄청나게 소리를 질러댔기 때문이다.

"나오 쨩!"

문 너머에서 누군가의 딱딱한 외침이 들렸다.

'…어… 시노미야?'

그렇게 생각한 순간, 오우사카는 문 안으로 뛰어 들어갔다.

"나오 쨩!"

오우사카의 눈앞에서 나오토가 비틀거리며 무너졌다.

'―!'

재빨리 안기는 했지만 바로 눈앞에 있는 나오토의 안색은 창백했다.

'뭐… 지?'

떨리는 몸이 심상치 않자 오우사카는 무심코 눈을 크게 떴다.

끌어안은 뻣뻣한 몸.

뭔가를 필사적으로 견디며 매달리는 나오토의 떨리는 손가락이 아플 정도로 피부에 파고들었다.

그때 갑자기 누군가가 머리를 때리자 오우사카는 놀라서 고개를 들었다.

"가방… 가방 어디 있어?"

눈앞에 나오토를 닮은, 아니, 나오토랑은 조금도 비슷하지 않은 버릇없어 보이는 소년이 눈꼬리를 치켜 올리고 소리 질렀다.

"멍하니 있지 마! 나오 쨩의 가방 어디 있냐고!"

"문… 밖."

뭐가 뭔지도 모르고 말하자 소년은 재빨리 뛰쳐나간 뒤 겨우 10초도 지나지 않아 돌아오더니 약 케이스에서 정제를 꺼냈다.

"나오 쨩! 약! 자, 입 벌려!"

강제로 나오토의 입을 벌려 약을 집어넣고 테이블에 놓여 있던 찻잔을 붙잡아 물을 머금더니, 입으로 흘려 넣어 억지로 삼키게 했다.

그 엄청난 솜씨에 이게 처음이 아니라는 사실을 깨달은 오우사카는, 나오토가 그 사건의 후유증을 끌어안고 있다는 걸 알고 말없이 멈춰서 있을 수밖에 없었다.

그날 밤.

"네가 변하지 않으면 아무것도 시작되지 않아."

마사키의 그 발언으로 유우타가 틀어박혀 있던 자기 방에서 나와 저녁을 나오토와 함께 먹기 시작한 지 사흘째.

마사키와 유우타의 밀담 따위 모르는 나오토는 처음에 튀어 나올 정도로 눈을 크게 뜨고 할 말을 잃었었다.

"앞으로 저녁밥은 같이 먹을 거야."

유우타가 불쑥 말하자 어쩐지 나오토는 눈시울을 붉혔다.

역시 얼마 전 사건으로 유우타도 나름대로 뭔가 생각한 바가 있었던 걸까. 나오토는 저도 모르게 울다가 웃는 것 같은 표정을 지어 버렸다.

쓸쓸하게 혼자 먹는 데 익숙해진 저녁식사를 유우타와 둘이 함께하게 되자, 분위기가 확 바뀐 건 아니지만 그래도 나름대로 편안해졌다.

그런 밤.

식사를 마치고 그릇을 씻고 있을 때 갑자기 전화가 울렸다.

"…네. 시노미야입니다."

『나오?』

'…! …사야… 누나?'

나오토의 심장이 크게 뛰었다.

『나오? …듣고 있어?』

"아… 응. 사야 누나… 오랜만이야. 잘 지내?"

『그래…. 그쪽은… 여전히 고생이 많은 것 같구나.』

"뭐…. 이러다가 다들 질리겠지."

한순간의 침묵.

그 시간이 묘하게 아프다.

『유우타 있어?』

"…응. 바꿔 줄까?"

『부탁해.』

"잠깐만. 불러 올게."

수화기를 두고 계단을 올라간다.

"유우타. 전화. 사야 누나야."

그러자 문 너머에서 노골적인 목소리가 돌아온다.

"없다고 해줘."

"직접 말하는 게 어때? 사야 누나는 네가 받을 때까지 몇 번이고 걸 거야."

그렇게만 말하고 나오토는 계단을 내려간다.

문 너머로 뭐라 말해도 소용이 없다는 것은 이미 경험해서 알고 있다. 이럴 때에는 냉큼 대화를 마쳐 버리는 쪽이 낫다.

그러자 잠시 후 유우타가 퉁명스런 표정으로 방에서 나왔다.

"여보세요? 난데, 뭐야?"

사야카는 유우타와 무슨 이야기를 하려는 걸까.

'역시… 그 이야기일까.'

유우타가 몰래 집으로 돌아온 아버지 케이스케를 도둑으로 착각하고 배트로 때려 다치게 한 사건이 있었던 그날 밤, 친가와 외가 양쪽에서 전화가 왔다.

양쪽 다 바로 마사키가 받았기에 나오토는 무슨 이야기가 있었는지 모른다.

하지만 그 후로 사흘이 지난 밤. 외할아버지와 외할머니가 와서 유우타를 외가에서 맡겠다고 말했다.

그런 일이 있었으니, 낮에 아무도 없는 집에 유우타를 혼자 내버려 두기가 걱정스러웠던 것이리라.

예전에는 마사키가 거절하면 쉽게 물러났지만 이번에는 강경했다.

그런 일이 두 번 다시 일어나지 않으리라는 보장은 없다. 만에 하나 일이라도 생기면 책임은 누가 지느냐고 마사키에게 강요했다.

하지만 문제의 유우타는 여전히 방에 틀어박혀서 문 너머로 아무리 외조부모들이 절절한 심정을 호소해도,

"나는 외가 따위 안 가!"

그렇게 소리를 지르고 완벽하게 묵살하는 상태였다.

그래서 외조부모도 포기하고 돌아간 것이다.

그때 외조부모는 유우타를 외가에서 맡기를 가장 강하게 바라는 이는 사야카라고 말했다. 그러니 아마 외조부모는 설득을 못 하리라 생각한 사야카가 직접 담판을 지을 생각으로 전화를 건 것이리라.

사야카에게 어머니의 추억이 밴 이 집은 아직 '귀문'이다. 무슨 일이 있어도 결코 오려고 하지 않는다.

만약 전화를 받은 게 마사키였다면… 아마 그대로 말없이 끊어 버렸을지도 모른다.

아까 "나오?"라고 부른 목소리도 뭔가 가시 돋친 듯 들렸다면 나오토의 착각일까.

그렇게 생각하니 사야카와 자신들 사이의 균열은 앞으로도 계속 메워지지 않을 것 같은 기분이 들었다.

"그러니까 쓸데없는 참견이라고 했잖아!"

그 거친 말투를 들은 나오토는 저도 모르게 놀란다.

사야카가 걱정하는 것도 이해가 가지만 그 걱정을 유우타에게 강요한다면 오히려 역효과다.

아주 어린 시절부터 신나게 싸운 사야카라면 그런 것쯤 누구보다도 잘 알고 있을 텐데. 역시 그런 일이 있었으니 말투도 점점 강요하는 투가 되는지도 모른다.

그리고 다 씻은 그릇을 건조기에 집어넣고 스위치를 켠 바로 그때.

"누나도 우릴 버리고 혼자 도망친 주제에! 이제 와서 설교하면서 잘난 척 굴지 마!"

유우타가 험악한 말투로 내뱉었다.

"그렇게 내가 걱정스러우면 전화하지 말고 누나가 이 집에 날 데리러 와! 말뿐이라면 누구나 아무렇게나 지껄일 수 있다구! 올 거야? 말 거야? 어? 어느 쪽이야?! 이 집에 와서 마사키 형 눈앞에서 날 외가에 데려가겠다고 말해 봐. 못 하지? 그러면 애초에 이러쿵저러쿵 쓸데없는 얘기 하지 마!"

내던지듯 거칠게 수화기를 내려놓은 유우타는 나오토에게로 눈을 돌리더니, 노려보며 말했다.

"이 집은 마사키 형이랑 나오 쨩이랑 나… 세 명만 가족이야. 이 집에서 꼬리를 내리고 도망친 녀석 따위 필요 없어. 그렇지?

나오 짱. 그러니까 난 도망치지 않을 거야. 절대로 도망치지 않을 거라구!"

욕실에서 나와 2층 자기 방으로 돌아간 유우타는 평소처럼 좋아하는 CD를 튼다.

부드러운 바이올린 음색이 흘러나오자, 유우타는 침대에 뒹굴 누워 버릇대로 스르르 눈을 감는 대신 천장을 노려보았다.

"나는 네가 걱정스러워."

진지한 사야카의 목소리가 귓가를 떠나지 않는다.

하지만 그게 진지하면 진지할수록, 어째서인지 사야카의 강요하는 태도가 거슬려서 견딜 수 없었다.

"오빠는 나오만 있으면 되잖아. 솔직히 유우타, 너, 너만 괴로울 거라구. 네가 시노미야 집안에 매달려 있어 봤자 앞으로 좋을 게 하나도 없어."

그런 건 말하지 않아도 잘 안다.

그뿐만 아니라 사야카가 모르는 것까지 유우타는 알고 있다. 어쨌든 마사키에게 직접 들었으니까.

그래서.

"너는 세상 물정을 모르는 어린애니까 걱정돼."

사야카가 주제넘게 있지도 않은 우월감을 엿보이지 말았으면 좋겠다.

하물며.

"네가 좀 더 제대로 된 환경에서 다시 시작했으면 좋겠어. 나오나 오빠에게 끌려가지 말고."

절절히 호소하는 사야카의 심정에서 순수하게 자신을 배려하는 애정과는 다른 속셈이 엿보인다고 느껴지는 건 유우타의 억측일까.

'제대로 된 환경이라는 건 뭐야?'

'뭘 다시 시작한다는 거야?'

'내가 스스로 일그러졌다고 느끼는 것만으로는 부족하다는 거야?'

마사키는 자신이 나오토에게만 발정하는 짐승이라고 스스로 느끼고 있어도 별로 그걸 부끄러워하지는 않았다.

그렇게까지 당당하게 이기심을 관철하는 마사키를 보면 유우타는 뭔가 오싹했지만, 그걸 오만한 태도라고 규탄할 자격이 있는 이는 나오토뿐이다.

금기를 공유함으로써 마사키와 나오토의 유대감은 더욱 강해졌다.

사야카는 '받아들이기'를 두려워하여 공범이 되길 거절하고 형제의 고리에서 영원히 벗어나 버렸다.

"사야카는 여자니까. 여자라서 도저히 용서할 수 없는 게 있는 거야."

마사키는 그렇게 말했지만 유우타는 그런 사야카의 전철을 밟는 것만은 싫었다.

세상의 상식인지 뭔지에 얽매여 사야카처럼 시노미야 일가에서 자신만 튕겨 나오는 게 싫었다.

그렇다면 앞으로 자신은 어떻게 행동하면 될까.

아직 늦지 않았다.

마사키는 사야카처럼 '다시 하라'고는 하지 않았다. 그저 어리광 부리지 말고 '변하라'고 말했다.

자신이 변하지 않으면 아무것도 시작되지 않는다면.

그렇다면 변한 모습을 보여 줄 것이다. 설령 그게 거북이 속도라 해도.

"너는 나를 싫어할지도 모르지만, 나는 네가 싫지 않아. 하지만 그것뿐이야."

마사키가 다시 보도록 하기 위해서가 아니라.

"따뜻한 가족 놀이를 할 생각도 없어."

그렇게 딱 잘라 말한 큰형이 자기 존재를 인정하게 만들기 위해서.

"사야카가 전화를? 유우타에게?"

"…응."

"그래서? 유우타는?"

"처음에는 화를 낸… 것 같은데."

"뭐, 근본적인 데서 비슷하니까. 그 녀석들은."

"하지만, 사야… 누나…."

말하려던 나오토는 갑자기 소리를 삼킨다.

잠옷 아래로 파고들어온 마사키의 손가락이 간지럽히듯 유두를 스쳤기 때문이다.

하지만 그뿐.

조금씩 조금씩… 달아오르는 미열을 부추길 뿐, 마사키의 손가락은 짓궂게 쾌감을 피해 간다.

애무라고는 할 수 없는, 하지만 그냥 넘겨 버릴 수도 없는 미묘하고 부드러운 접촉.

피가 조금 술렁이는 그 순간, 두근하고 심장이 달아오른다.

등 뒤에서 품속에 나오토를 꼭 안은 마사키는 그런 미미한 몸의 떨림조차 빤히 들여다보고 있을 게 뻔하다.

하물며.

'더.'

'제대로….'

'…해줘.'

나오토가 그렇게 생각하고 있는 것쯤은 다 알고 있으리라.

그걸 솔직히 말할 수 없다는 것도.

그래서 주위를 돌리기 위해 뭔가 말하지 않을 수 없었다.

"사야 누나… 진짜로 유우타를… 데려가고 싶은… 걸, 까."

"글쎄. 나는 별로 사야카가 진심이든 아니든 아무래도 좋아."

이윽고 그런 희미한 자극에 몸이 달아 나오토의 허리가 느릿느릿 흔들리기 시작한다.

그러자 마사키는 나오토의 목덜미를 가볍게 핥아 올렸다.

그 순간 나오토의 옆구리가 움찔하고 경련했다. 동시에 양쪽 유두도 일어선 것이 나오토 자신에게도 또렷하게 느껴졌다.

목덜미를 핥던 마사키의 입술이 쿡 하고 웃었다.

"고집이 센걸, 나오. '원한다'고 하면 되잖아?"

알고 있다. 마사키는 자신에게 그 말을 하게 만들고 싶은 것이라고.

말하지 않는 한, 아마 아무것도 주지 않을 셈이라고.

나오토는 작게 입술을 깨문다.

그러자 마사키가 그런 나오토의 눈앞에 오른손을 팔락팔락 들이댔다.

"그럼, 자…. 빌려 줄게."

무슨 의미인지 알 수가 없어서 고개를 살짝 갸웃거리고 시선만 보내자 마사키는 대답했다.

"나오가 자위하는 건 용서할 수 없지만 이대로는… 힘들잖아? 그러니까 해줬으면 좋겠지만 '원한다'고 솔직히 말하지 못하는 나오를 위해, 내 손을 빌려 주겠다는 거야. 마음대로 써도 돼."

그 말에 나오토는 얼굴이 빨개진다.

솔직히 그게 훨씬 더 부끄럽다.

하지만.

"뭐야, 필요 없어? 그럼 계속 이대로 있을 건데. 나오가 원한다고 말하지 않는 한, 나는 아무것도 하지 않을 테니까."

아무것도 하지 않는다고 말하면서도 마사키는 말로 나오토를 달콤하게 희롱하는 걸 멈추지 않았다.

"유두도 빨아 주지 않을 거고 아무 데도… 만져 주지 않을 거야. 착하게 굴면 나오가 원하는 만큼 불알을 쓰다듬고 빨아 주려고 했는데."

그러자 더 몸이 들끓어서….

"좋아하잖아? 나오. 불알을 만지고 핥아 빨아 주는 거…. 기분 좋아서, 안쪽까지 징 하고 저려 오잖아. 자…. 내 손을 빌려줄게. 내가 늘 해주는 것처럼 해도… 돼."

속삭임이 음란하게 나오토의 뇌수를 자극한다.

나오토는 거의 무의식적으로 꿀꺽 마른침을 삼키고 조심조심 손을 뻗어 마사키의 손을 잡았다. 그리고 미열이 싹튼 가랑이 사이로 어색하게 마사키의 손을 이끌었다.

그곳은 아까부터 가벼운 접촉으로 인해 저렸고, 더 강한 자극을 원하며 이미 반쯤 일어서 있었다.

그래도 마사키의 손을 옷 아래로 집어넣어 그 감촉을 직접 확인할 담력까지는 없어서….

그렇게 말하면 아마 '이제 와서 무슨 순진한 척이야'라고 마사키가 비웃겠지만.

자기 입으로 그 욕망을 솔직하게 말해 버리면 제한이 없어질 것 같아서 무섭다.

'만져 줘.'

더… 상냥하게.

'쥐어 줘.'

부드럽게.

'훑어 줘.'

더 강하게….

'꼬집어 줘.'

손가락 끝으로 아플 정도로….

매만져 줘….

비벼 줘….

빨아 줘.

깨물어 줘.

욕망이 끊임없이 확대되어 갈 것 같아서. 그런 천박하고 음란한 자신을 마사키에게 보이기 싫었다.

'…정말이지, 고집쟁이라니까….'

슬슬 참을 수 없어진 마사키는 내심 혀를 찬다.

이제야 쾌감을 탐하는 데 솔직해졌나 했더니 요즘 또 고집을 부린다.

'역시 그 사건의 후유증인 걸까?'

그 이후 나오토는 한동안 잦아들었던 '발작'을 일으킨다.

그건 마사키가 키스와 포옹으로 끈기 있게 풀어 온 나오토의 '트라우마'였다.

몸 안쪽을 둘로 찢기는 '아픔'과 '두려움'이, 등 뒤에서 갑자기 습격 받은 '충격'과 '공포'로 이어졌는지 어떤지는 잘 모르지만. 뒷구멍을 손가락과 혀로 공들여 풀어 주는 행위 자체는 받아들여도, 막상 하나로 이어지려고 하면 나오토는 굉장히 겁을 먹는다.

이런 트라우마에는 하루아침에 듣는 특효약이 없다고 사카키도 신물이 나도록 말했다.

알고 있다.

그런데 마사키의 애무로 간신히 녹아내리기 시작한 나오토의 몸이 또 전처럼 움츠러드는 것을 보기가 괴로웠다.

그래서 나오토가 더 자신을 원해 주길 바랐다.

그러면 머릿속이 녹아 자신 외에는 아무것도 생각할 수 없을 정도로 기분 좋게 만들어 줄 텐데.

바라는 만큼 쾌감을 주는 것은 간단했다.

하지만 그것만으로는 부족하다.

언제까지고 일방통행인 것은 싫다.

사랑하고 사랑받고.

충족된 기분으로… 치유해 주고 싶다.

그렇게 생각하자 문득 중요한 말을 하는 걸 잊었다는 사실을 떠올린 마사키는 약간 쓴웃음을 짓는다.

'사랑한다.'

진부하고 값싼 말. 하지만 어쩌면 쓰는 방법 하나에 따라 세상까지 치유할 수 있을지도 모르는 유일한 주문.

'뭐, 별로 세상 따위 어떻게 되든 관심 없지만.'

단 하나의 사랑만 얻을 수 있다면.

그래서 마사키는 자기 손을 가랑이 사이에 댄 채 어쩌지도 못하고 굳어 버린 나오토의 붉게 물든 귓바퀴를 부드럽게 깨물며 속삭였다.

"좋아해, 나오."

그러자 나오토의 등이 움찔하고 떨렸다.

그 문은 유우타에게는 '금단의 문'이었다.

얇은 문 너머에는 밤마다 나오토를 탐식하는 짐승 같은 형이 있다.

들리는 것은 어렴풋한 신음.

음란하고 뜨겁고… 달콤한 소리다.

뿌리쳐도… 떨쳐 내려고 해봐도 그건 몸 안쪽에 달라붙는다.

"너도 타락해 버려"라고.

그리고 문득 생각했다.

어쩌면 억지로 뿌리치려고 하니까 공연히 더 끈질기게 들러붙는 게 아닐까?

환상은 망상을 자극한다.

그렇다면 한번 직접 보면 삿된 망상도 환멸로 바뀌어 버리지 않을까.

남자끼리의 섹스.

심지어 하고 있는 것은 자기 형들이다.

현실에서 섹스하는 두 사람을 보고 환멸에 빠지면 차라리 딱 잘라 선을 긋게 되지 않을까 생각했다.

그래서 노크는 하지 않았다.

그저 심장이 두근두근 빠르게 뛰어서 작게 숨을 꿀꺽 삼키고.

문고리를 조용히 돌렸다.

그때 느낀 약간의 기시감.

'그러고 보면….'

한밤중에 이 문을 연 것은 이번이 처음이 아니란 사실을 유우타는 갑작스럽게 떠올린다.

하지만 그런 생각은 열린 문 안에서 움찔움찔 경련하듯 떨리는 나오토의 하얀 등을 본 순간, 어딘가로 날아가 버렸다.

"아… 아아아… 응… 응…."

나오토는 발가벗은 몸으로 마사키의 무릎 위에 가랑이를 벌리고 올라타 있었다.

보이지 않는 가랑이 사이를 마사키가 매만지고 있는지, 나오토가 허리를 부들부들 떨며 신음한다.

남자의, 나오토의 벗은 모습 같은 건 별로 보기에 즐겁지 않을 거라고 생각했다. 풍만한 가슴이 있는 것도 아니고, 가랑이 사이에는 자신과 같은 것이 달려 있다. 마사키는 나오토에게 발정한다고 했지만, 유우타는 어떤 의미에선 마사키의 과장이 아닐까 생각했다. 바로 방금 전까지는.

하지만 탄력 있게 젖혀진 나오토의 하얀 등에 일단 눈이 못 박혀 버렸다. 하물며 마사키가 성기를 매만지자 때때로 경련하는 엉덩이는 지독히도 선정적이어서, 유우타는 무심코 숨을 삼켰다.

"싫… 응… 아…."

마사키의 목에 매달려 거친 신음을 흘리는 나오토의 등을 마사키가 천천히 쓰다듬는다. 그러자 그조차 참을 수 없는 자극이 되는지, 나오토는 움찔… 하고 등을 젖혔다.

"…이제… 게… 해… 줘…. 마… 쨩…."

마사키의 무릎 위에 올라간 다리를 부들부들 떨기 시작했다.

나오토가 운다. 끊어질 듯 말 듯한 목소리로.

그러자 마사키는 몹시도 사랑스럽다는 듯 무언가 속삭이고 나오토의 귓바퀴를 핥아 올렸다.

마사키의 눈이 상냥하다.

유우타는 그렇게 온화한 마사키의 얼굴을 처음 보았다.

하지만 무심코 돌린 시선이 유우타의 시선과 딱 마주친 순간.

마사키의 두 눈이 확 색을 바꾸고 치켜 올라갔다.

그것은 노골적인 변모였다.

두 사람만의 사랑의 둥지에 갑자기 허락도 없이 침입해 온 유우타에 대한 순수한 분노였는지도 모른다.

그래도 유우타는 도망치지 않았다. 입술을 꽉 깨물고 무심결에 주먹을 움켜쥔다.

잠시 뒤엉키는 시선.

'나는… 누나처럼 도망치지 않을 거야!'

그 결심을 과시하듯 유우타가 노려본다.

그러자.

놀랍게도 마사키가 웃었다. 입 끝만 올려서, 어렴풋이.

그리고 시선은 유우타에게 딱 고정한 채, 마치 그 음란한 모습을 보란 듯이 나오토의 목덜미를 몇 번이고 핥아 올리고, 경련하는 나오토의 흰 엉덩이를 내보이듯 쓰다듬었다.

그때마다 나오토가 높다란 울음소리를 내며 등을 젖힌다.

유우타는 마사키의 시선에 얽매인 채 한 발짝도 움직이지 못하고 그저 숨을 죽여 그 광경을 보고 있었다.

나오토의 교성으로 부채질당한 아랫배에 미열이 고이고.

꿈틀대는 나오토의 음란한 엉덩이에 자극받아 이상하게 목이 마른다.

"힉… 아아아앗!"

상기된 교성을 지른 나오토의 등이 경련한 그때.

'…젠… 자아아아앙!'

가랑이 사이에 욱신하고 뜨거운 감각이 소용돌이쳐서, 유우타는 저도 모르게 눈을 감고 움찔움찔 떨리는 다리로 어색하게 뒷걸음질 쳤다.

젠장.

…젠… 장….

…젠장!!!

그대로 비틀거리며 곧장 화장실로 달려갔다.

'흥…. 아직 어린애로군, 저 녀석도.'

마사키는 무릎 위에 축 늘어져 몸을 맡긴 채 아직도 숨을 가다듬지 못하고 있는 나오토의 머리카락을 천천히 쓰다듬고 입맞추며, 유우타가 사라진 문을 가만히 노려본다.

'뭐, 사정하지 않은 근성만은 칭찬해 주고 싶지만.'

그래도.

왜 유우타가 갑자기 '피핑 톰(Peeping Tom, 관음증 환자)'이라도 된 것처럼 엿보러 왔는지. 그렇게 생각한 마사키의 눈썹이 확 찌푸려졌다.

바로 얼마 전까지 유우타는 자신을 따르지 않던 귀엽지 않은 어린애였다. 하지만 어린애라도 생각을 하고 뭔가를 모색하고 있다는 것을 알았다.

그래서 마사키는 비장의 카드를 아끼지 않을 뿐만 아니라, 각오하고 카드를 모두 공개하기로 결심했다.

그로 인해 유우타가 어떻게 변해 갈지… 지금은 아직 모른다.

아니, 자신과 나오토와 유우타. 이 삼각관계가 앞으로 어떻게 변해 갈지조차도.

아무튼 눈에 거슬리는 것부터 잘라 낼 작정이다. 그 마음만은 변함이 없다.

이번 스캔들로 아버지라는 썩은 뿌리는 떼어 낼 수 있었다. 이제 당분간 친조부도 쓸데없이 참견하지 못할 것이다.

성가신 '피의 유대감' 따위 필요 없다. 방해될 뿐이다.

원하는 것은 단 하나뿐이다.

그렇게 생각한 마사키는,

"나오. 아직 할 수 있지? 이번에는 네 안에서 가고 싶어."

단 하나의 각인을 새기기 위해서 나오토에게 입맞춤한다.

"괜찮아. 나오의 여기가 나를 원한다고 녹아내릴 때까지는 넣지 않을게. 나도 나오와 함께 기분 좋아지고 싶은 것뿐이니까…. 그러면 괜찮지?"

그 무엇과도 바꿀 수 없는, 최고로 행복한 시간을 자아내기 위해서.

후기

안녕하세요, 요시하라입니다.

「이중나선 2」 어떠셨나요?

거의 1년 만이라 마사키 형님의 막장 짓도, 페이지 수도 단숨에 그레이드업(웃음) 해버렸습니다.

담당분이 '걱정 말고 가버리세요(…어디로?)'라고 고마운 말씀을 해주셔서, 시간까지 무진장 잡아먹어 버렸네요. 정말로 끝나지 않는 건가 싶어서 조금 불안하긴 했지만요. 아무튼 이렇게 제대로 '후기'를 쓸 수 있게 되어서 하아아… 다행입니다.

뭔가 정말 오랜만에 '끈적끈적하고 진한' 걸 쓴 기분입니다.

하지만… 마사키 형이 귓바퀴를 달콤하게 깨물고 '저런 것'이나 '이런 것'을 속삭이면 생각지도 못한 급소를 찔리고, 덤으로 오싹오싹 소름이 돋을 것 같아서 무섭습니다(웃음).

'기왕이면 ○○씨의 그 목소리로 듣고 싶다♡'라고 생각하는 걸 보면 제 머릿속도 꽤 썩어 있는지도 모르겠지만요.

마침 같은 시기에 다른 드라마CD 시나리오를 쓰고 있었거든요, 하하하….

앞으로 시노미야 삼형제(…이미 사야카가 머릿수에 들어가지 않는 게 참 그렇다는 기분은 들지만)는 어디로 가버리는 걸까요.

또 기회가 있으면(…있나? 이렇게 진한 걸 좋아하는 분이 대체 얼마나 있을까… 모르겠음) 그 후의 세 사람을 써보고 싶을지도… 라고 생각하긴 하지만. 일단은 밀려 있는 일(웃음)을 냉큼 정리해 버리고 싶습니다, 네.

마지막으로 일러스트를 그려 주신 엔진 야미마루 님. 신세지고 있습니다. 감사합니다.

그리고… 사실은 「이중나선」이 Chara 레이블의 드라마CD로 나옵니다. 10월 하순, 무빅에서 발매될 예정입니다.

물론 시나리오는 제가 쓸 예정이라서, '그런' 장면이나 '이런' 장면을 듬뿍 '야하'고 '진하'고 '끈적끈적하'게 할 수 있도록 노력해 보고 싶습니다. 그것 참, 하하하…. 캐스팅이 너무 기대돼요♡

그럼, 다시 뵙겠습니다.

2002년 5월
요시하라 리에코

이중나선 2

초판 1쇄 발행   2018년 12월 31일

발행인 원종우
발행처 이미지프레임
주소 (13814) 경기 과천시 뒷골1로 6, 3층
영업부 02 3667 2653 **편집부** 02 3667 2654 **팩스** 02 3667 2655
메일 mm@imageframe.kr 웹 mmnovel.com

ISBN 979-11-6085-810-5 03830
979-11-6085-808-2 (세트)

AIJYOSABAKU NIJYURASEN 2

COPYRIGHT © RIEKO YOSHIHARA 2002
All rights reserved.
Original Japanese edition published by TOKUMA SHOTEN PUBLISHING CO., LTD., Tokyo.
Korean translation rights arranged with TOKUMA SHOTEN PUBLISHING CO., LTD.
through Shinwon Agency Co.

이 책의 한국어판 저작권은 토쿠마 쇼텐과의 독점 계약으로 (주)이미지프레임이 소유합니다.
저작권법에 의하여 한국 내에서 보호받는 저작물이므로 무단전재와 무단복제를 금합니다.